深夜物语

MIDNIGHT CURE

轰叔 / 作品

中国华侨出版社

图书在版编目（CIP）数据

深夜物语 / 轰叔著. — 北京：中国华侨出版社，2014.3
ISBN 978-7-5113-4509-7

Ⅰ. ①深… Ⅱ. ①轰… Ⅲ. ①散文集－中国－当代
Ⅳ. ①I267

中国版本图书馆CIP数据核字(2014)第051049号

深夜物语

著　　者：轰　叔
出 版 人：方　鸣
责任编辑：羽　子
装帧设计：米屋Studio
经　　销：新华书店
开　　本：710mm ×1000mm 1/16　　印张：7　　字数：169千字
印　　刷：北京昊天国彩印刷有限公司
版　　次：2014年4月第1版　2014年4月第1次印刷
书　　号：ISBN 978-7-5113-4509-7
定　　价：38.00元

中国华侨出版社　北京市朝阳区静安里26号通成达大厦3层　邮编：100028
法律顾问：陈鹰律师事务所
发行部：（010）82068999　传　　真：（010）82069000
网址：www.oveaschin.com
E-mail：oveaschin@sina.com

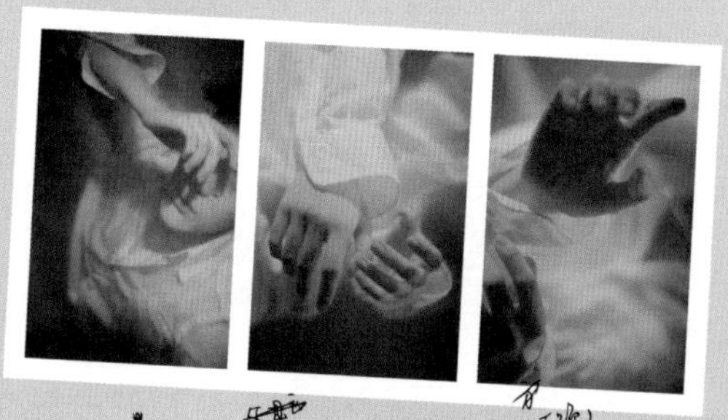

· 给看人 不看长相认人下3秒.

* 肩膀 timing 研究.

目录 Contents

如果将某人的心视作太阳，就注定要承受刺眼的疼，也一定会经历泪流。

但有太阳终究是件好事吧，能像夸父一样因为追逐而毁灭，听起来已够壮美。

这个人是谁？或许有人已经找到，或许有人还在苦苦寻觅。当你找到的时候，请抓紧不要放手。

表现演讲的人群来 我恐惧症）
哪怕是表演 都会有人群恐惧
这是不是属于问题性精神病
不是 我从小就不怕上台唱歌，我也
那是我擅长的事，加上天生
其实我一直认为没有表现欲的人是不
擅长事务

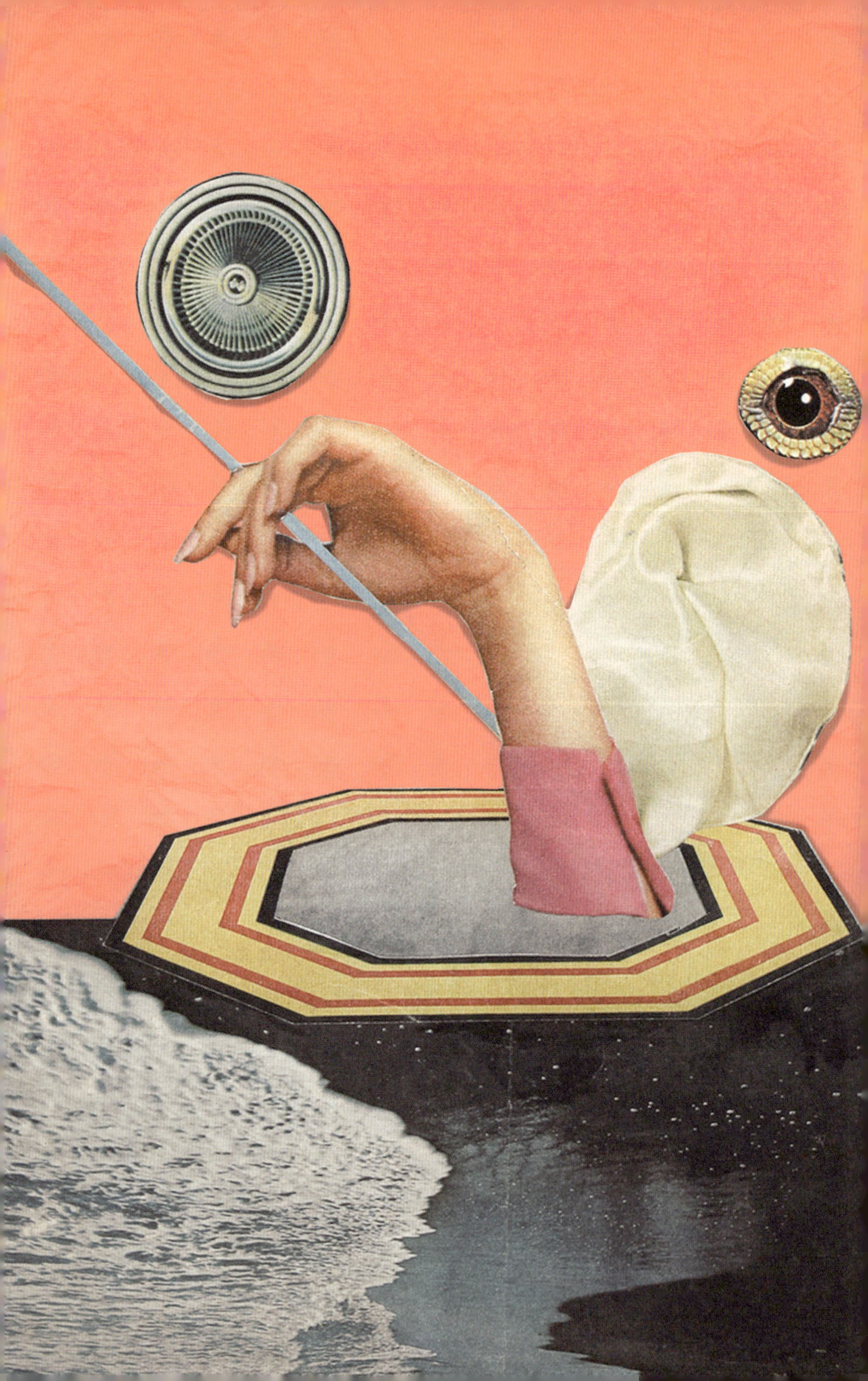

第一章

想念和孤独一样恐惧

Chapter 01

Midnight Cure

如果将某人的心视作太阳，就注定要承受刺眼的疼，也一定会经历泪流。
但有太阳终究是件好事吧，能像夸父一样因为追逐而毁灭，听起来已够壮美。

*1

“所有人都显得很寂寞，用自己的方式想尽办法排遣寂寞，事实上仍是延续自己的寂寞。寂寞是造化对群居者的诅咒，孤独才是寂寞的唯一出口。”——马尔克斯《百年孤独》

人一般都怎样比喻孤独？你的脑中肯定出现过一潭死水，一株枯萎的盆栽，一条翻着白肚子漂在水面的金鱼……孤独好像理所应当地长着一张丑陋的脸，照镜子的时候让人极不情愿去面对。

孤独的状态是什么？通常是一个人待着，看起来好像没什么事做，或者独来独往，没什么朋友。我在小说里常常看到这样的形象，比如在读村上春树的《1Q84》时，男女主人公经历着平行世界所带来的巨大的孤独感。有时候我们好像会觉得自己也是身处平行世界中的一个，另一个世界里有你想要的生活，你爱的人也住在那儿，一个你意识中永远无法与之产生交集的乌托邦，于是你感到无边的寂寞。

我认为寂寞是孤独的第一个表象。寂静得没有声音的住所和一个落寞的背影几乎是绝配。但我们有很多方法排遣这种感受。与朋友相约出门玩乐，或者让自己完全沉醉在一件事中，或许是你的爱好，或许是你的工作。但就算你是社交高手、工作狂，甚至是充满天分的艺术家，当你无所事事的时候，你仍然觉得不自在，或者说你根本就是在通过种种活动逃避，逃避人很容易感到寂寞这个事实——那些消遣方式的效用都是十分短暂的。

作为人类，对事物周期性的热情消退后，会开始怀疑自己在做的各种各样的事情是否有意义。工作和生活的目的浮于表面，如果不依赖这些东西，有什么可以真正带来慰藉，填满自己？在生活像海绵一样渐渐有了洞孔时，空虚顺势产生了。它是孤独更高级的表象。人们会通过大吃大喝、疯狂购物来满足欲望，填补空虚的感觉，但快感非常短暂。然后人们会利用情感关系，利用性爱这种更具扩张性的欲望来试图解决这一矛盾。性是抵达天堂最快的途径，用性爱来填补空虚似乎是最合理不过的方式，但人类内心的空虚并不是大面积的，它是干涸的裂痕，是一些难以名状的瘙痒。这样的空虚是由微小的寂寞日积月累而成，肉欲带来的难以抗拒的诱惑，却像洪水猛兽般猛烈，会冲破内心的隘口，让空虚决堤。

尝试过的人最终都会知道这是对肉体和情感的透支。一时的放浪形骸难以填补长久的空虚。

我们在这些孤独的表象中，消耗着肉体和精神，慢慢把自己掏得更空。原因是什么？是惯性地排斥孤独感，把它想得太过消极，而不去认清它的实质。有谁没在体验着孤独呢？从小到大，从始至终，每天陪伴我们最多的就是孤独。存在即合理，上帝既然把这种情感根植在我们心中，那一定是一种慷慨的给予。

有没有吃过酒心黑巧克力？黑巧克力质感硬，苦味浓。当味蕾将这种味觉信号传递到大脑时，或许难以产生愉悦的感觉。而有些人已经吃到了酒精，却大惊小怪地觉得难以忍受。其实无论在任何阶段放弃品尝，你都没有机会再去回味，个中滋味绝不仅仅是酸苦，而是绵长的香甜醇厚，让人心醉。就像孤独，被我们既定印象中的寂寞和空虚的外在味觉所包围。但透过它们你可以尝到孤独的回味。我们为情绪的表象而终日感到苦涩，不过是自己从未让心好好沉淀一回。

***2**

哪怕是擅长表演的人也会有人群恐惧症。

我原本以为这属于间歇性精神病的一种。

我从小就不害怕上台唱歌，也不怕当着大家的面诗朗诵。因为那些是我所擅长的事，加上天生表现欲强，随时想展示给他人看。其实我一直认为没有表现欲的人是不存在的。人人都想得到正面的注意，除非在某些需要展示自我的场合留下了被嘲笑的阴影。表现只是为了确定自己是否擅长某些事，或者表现的效果是否能活跃气氛。

但有一种情况与之矛盾。当你一个人走在街道上，或一个人去餐馆吃饭，看似稀松平常，但别不承认，那种感觉一定如坐针毡般煎熬。因为这个时候你好像没有理由表现一些自己的个性，你面对陌生人群无话可说，与世界暂时失去具体的联结。但你的表象依然要接受每个目光的评断，这时候，没有表演任务的表演者同样会害怕被注视，没有立场、赤裸地被注视。其实真相是你害怕看到别人眼中的自己，有着缺陷和苍白。这样看来，在合适的场合能充分展示自己，虽然令人有些紧张，倒是件踏实的事情。

矛盾存在于任何人身上。这种不安的矛盾会永远地存在。没有绝对的安心与不安。缺乏和拥有同时存在着，它们存在于一个共同体里，或许不在一个层面上。就像喜剧天才的人生往往孤独，缺乏幽默，百万富翁也很有可能找不到朋友共进下午茶。

— 007

想念和孤独一样恐惧

＊3

中学时代有段时间喜欢上Lisa Ono的歌。她的曲风几乎都是Bossa Nova，不仅清新，还带着善解人意的甜美，也有热情融入其中，是拉丁乐的一种。每每听到都可以洗涤糟糕的心情。所以朋友每次问到我最喜欢什么样的音乐时，我都会毫不犹豫地说自己最喜欢Bossa Nova。

突然某天，在某个咖啡馆听到小野丽莎弹着吉他唱歌时，再翻翻自己手机里存的歌，没有一首是她的。

我绝对没有贬低她的歌的意思。她的歌一如既往的清甜隽永，好听入耳。只是对于我个人来说，没有那么喜欢了。

原来，曾经称得上最喜欢的东西，有一天会变得很陌生，需要别人的提醒才能记起来。

这种微妙的感觉让我很触动，怅然若失，但很轻、很淡。到现在偶尔还是会听Bossa Nova，但很难再将它列为自己最喜欢的东西，甚至不会储存在日常可及的范围内。

时间终于把喜欢冲淡了。

“每个人都有属于自己的一片森林，也许我们从来不曾去过，但它一直在那里，总会在那里。迷失的人迷失了，相逢的人会再相逢。”

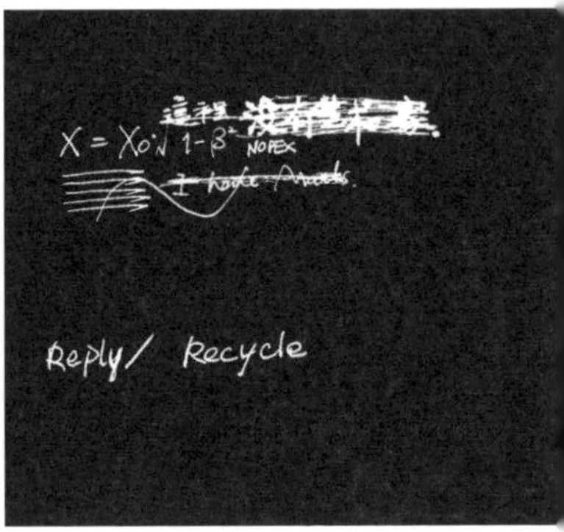

＊4

不知道从什么时候开始，手机很容易没电，发现大家的都一样。

科技在大步往前跑，又在小地方偷懒。于是顺理成章地有了便携式电源这种聪明的发明。

我前后买了大概三四个，派上用场的零个。我甚至不知道它们现在在家里的哪个角落睡觉。

依然还是习惯于出门时，对着即将out of battery的手机一惊一乍、大呼小叫。然后向有便携式电源的朋友求救。

后来我认真总结了一番自己的这种情况。

第一次，我买了一个价格不菲的，黑色、很薄的，据说使用极其方便的某品牌电源。但后来觉得自己完全被欺骗了，因为它用起来让人头痛欲裂，我是轻度电子白痴，但它的难用程度至今让我觉得一般人也很难解决。

第二次，是一个白色的、小巧的圆形电源。我一共把它带出去过三次，一共三次忘记带连接的数据线。后来果断放弃，没有再去理会。

第三次，至今我还不知道我买的那个电源具体的触感，因为我觉得我没有办法徒手打开它的包装壳，至少看上去就很艰难，所以到现在还没有拆封。每次都告诉自己下次出门时一定拆开带上，但每次出门都匆忙得连瞥它一眼的时间都没有。

然后出门在外每次手机没电的时候，都会向朋友撒谎，抱怨便携式电源太容易坏了。把责任干干净净地推到便携式电源身上。

我无法忍受自己，直接揭开了谜底：懒惰、自我怀疑、胆怯、拖延、迁怒……这些统统来自我自己。便携式电源是无辜的！

这些毛病在我的体内像癌细胞一样扩散，我一度以为这些小事都不算毛病，但当它们渐渐反映在生活中越来越多的事情上时，我开始意识到问题的严重性。因为这些毛病一旦牵扯到与别人有关的事情上，后果就变得严重起来。严重得让人后悔为什么不早点改掉这些毛病。

由总是不带便携式电源这样微小的事情，意识到自己的问题，觉得很幸运！就从最小的地方开始改吧，由浅入深，潜移默化，一定能根治性格的各种疑难杂症。

*5

私家侦探和特工都很爱穿风衣。

在我的世界里，看电影留下的印象赋予风衣一种神秘与冷酷。

大翻领，长摆，利落又飘逸。

高中时，太过迷恋风衣。在秋天快来的时候（秋天是最适合穿风衣的季节），我攒了几百块钱，走街串巷也没买到心目中最中意的款式。秋天已过了，终于在快过年的时候，我买到了一件很诡异的淡紫色的，没错，是淡紫色的，风衣样式的棉衣。我满心欢喜地脱光了所有衣服，站在试衣间的镜子前面，只穿着它也依然显得臃肿。它始终是件棉衣，并且一点也

2012.5.25.

不御寒。因为当时购买衣服的渠道太有限，我还是咬牙买下了这件风衣款式的棉衣。

我穿过两次，一次是走在学校的林荫大道上，幻想有清风拂面，风吹过来，下摆会飘起来。但一直没有风，根本没有。并且因为颜色真的很特殊，被议论了一路。第二次是穿着去烧烤店聚会，结束后沾满了油污，就再也没穿过。

我至今也没买到一件像样的真正适合我的风衣。

但我会一直喜欢它的，就像看到电影里的人，穿着风衣，走路带风。

就像喜欢自由那样。

*6

我们这一生中可能会谈无数次的恋爱，也会对若干人产生感觉，荷尔蒙会根据不同时候、不同状态的需求而分泌。但不得不承认，大多数的爱情是一种自身的需要，是干涸的心需要浇灌。而与这种需要不同的是，一定有这么一个形象，它来源于你大脑皮层上的兴奋的神经元，是你对异性（或同性，根据性取向而定）的感知、印象以及美学概念综合作用后产生的一种独一无二的、你所认为的完美产物。它一定具有某些你痴迷狂恋的特征，比如鼻孔的形状要细长、头发柔软、身材高瘦等等。这些感觉都潜在而隐晦，会像深海里的鱼时不时冒出属于它的压力层，然后又潜回去。但大多数人都考证了，你所产生的意识来自于现实世界，所以你意识中形成的这么一个人，在世界上一定能找到对应的活体！你肯定以为你的想象是假的，只是理想主义，但当你看见了或遇到了这么一个人，你就会知道，原来有人与你潜意识中形成的人所对应。

多么令人兴奋和惊奇！这个时候我们开始慨叹缘分。

有人恰好完全符合你心中的那个完美形象，是概率学里轻易就可以解释的。但这种情况下你和对方一般是陌生的，不知道对方愿不愿意认识你，认识你之后对方又愿不愿意了解你。

和梦中情人相爱，似乎是个难题。

爱神的箭并没有射穿你们。

我们自己被内心的力单方面地驱动，忽略了部分客观现实和别人当下的状态，在自己的世界里演绎得不亦乐乎。人和人的心之间，隔着人群万千，爱神的箭也不一定百发百中。你发现自己就算得以与梦中情人接触相识，也无法走进他的内心。你会尝到失望的滋味，感受到冷漠。这种冷漠所带来的痛感，会将你折磨得血流不止。你越试图靠近、得到，就越容易撕裂自己。原来，这时的爱神，手拿尖刀，划破了你的梦。

其实有些人，只能留在梦中。让他住在你的心里，作为一种寄托永恒地活下去，不带来伤害，才是最完美的选择。

＊7

我始终觉得恋人同居是件极荒谬的事，为了图口中海誓山盟的一时之快，双双作茧自缚。同居不同于婚姻关系，没有责任作为契约，随时可以戏剧化地破裂。相处五年、十年，感情最终因为一些小事毁于一旦的鲜活例子我见得不少。一纸婚约都可撕毁，更何况口头的誓言。以为同居会使关系更亲密，那就大错特错了。把恋爱与生活琐碎混淆，让对方看尽自己的丑态，只会加速厌倦取代爱慕。距离太近，爱也会变成一种负累，保留一些空间给彼此呼吸新鲜空气吧。各人有各人的世界，你不能变成他生命中的氧气。

more things !!

smarter
or know when
Can we small

start We

make
love just
for fun

not

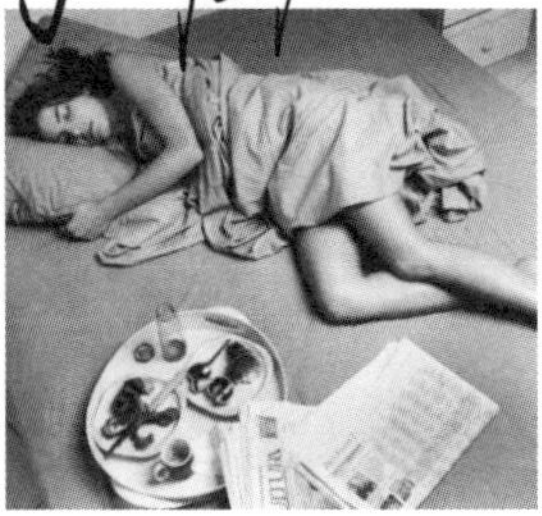

little sensitive!

*8

生活变得太快，太容易让人感到疲惫。苹果公司的计划废止制让用户不停地换手机，各种社交软件更新换代应接不暇，于是人们为了配合时代的节奏，把自己的步伐也调快了太多。信息爆炸让大脑疲乏，我们用精神的负荷作为享受快捷的代价：人变得浮躁，人们的情谊也变得很轻。我还是会留恋信纸和明信片的纸香。能沉下心来写封信给朋友说说心底的话，对方一定会很惊喜。长期吃快餐，人会肥胖，内心对情感的需求若越来越快餐化，同样，我们的心也会变得臃肿。负荷很重，却缺乏密度。

*9

我大学之后就能自己赚钱了，经济几乎完全不依托家庭。家人以此为傲，我自己也少了很多心理负担。虽说不找父母要钱的确是件值得开心的事，但我却完全不擅长理财。每个月都是赚多少花多少，收入与花销这件事一直被讨论。存钱的数目越多，似乎越可以增加安全感，但平时却太过清心寡欲，缺少物质的滋润；同样，平时花钱舍得，自然可以获得物质，收获快乐，但钱渐渐花完，心又要慌了。这两者间的平衡该如何找？在我看来，有两个办法：其一，如果你当下只有一定数额的钱，但又想过着滋润的小日子，那你必须要有平衡收支的能力，小资的生活还是很幸福的；其二，就是把钱统统花光，鞭策自己去开辟更多生财之道，赚更多的钱！

*10

安定是件可贵的事。纵使我们的心仍在漂泊流浪，但有一天我们终会知道，人如果要去寻找什么，必定是在我们自身混乱不安的时候。如果安定下来，我们就不会找了。或者说，我们已经找到了最想要的，所以终于甘愿安定。

*11

青春什么时候散场？我们在日复一日的清醒里行走，在夜不能寐的混沌中挣扎。有人说，不管活到多大岁数，总有太多思索、烦恼与迷惘。一个人如果失去这些，安于现状，才是真正意义上的青春的完结吧。

*12

冬是孤独 / 夏是离别 / 春是两者之间的桥梁 / 唯独秋，渗透所有的季节 / 白昼不会睡眠 / 除非在夜晚的怀抱里 / 往昔是湖泊 / 其中只有一位泳者：记忆。——阿多尼斯

很多人都喜欢秋天，我也是其中一个。喜欢秋天的恰如其分，可以踩厚厚的落叶，有微凉的风。秋天是那首最隽永的歌，旋律总是让人觉得直抵内心柔软之地。不知道是不是上天造的温度、湿度都太使人舒适了，忍不住自己去制造一些自身与美好的共鸣。秋天让人想怀念，想恋爱，想要获取温暖；夏天太炎热了，汗流浃背；冬天冷得让人懈怠；而春天的躁动让人无法安静思考。唯独秋天可以给人一大段完整的静谧。如果可以有一段恋爱，那就从秋天开始吧。

*13

我们常常惭愧于自己的种种矫情，但却又暗地里明白，我们的体会的确真实而切肤。情绪找不到合适的出口宣泄，只好在语言动作上纠结，来掩饰混乱的心绪。矫情真的不应该总是被责难，当你面对心爱之物时，难免会感情泛滥，手足无措。人人皆是如此，只是没有城府不懂遮掩的人表现出来了。

*14

“我一半时间耗在缄默中，而另一半时间在怀疑自己。我总担心我的言语或手势不能传达我的旨意，而人是需要传达的。人时时需要传达，虽然他们常常发现朋友有时跟孤独一样不可忍受。人们光着胳膊指天画地地聊，圆桌上拥挤的菜肴和忙碌的碗筷，六十个饱满无知的灯泡，静静地照在一群亲爱而常常争吵的人们头上。”

*15

绝望的时候，肯定会被彻骨的冷冻结一段时间，可世界并不只有你一个人经历过绝望！成功、美满的人生，也会有绝望的时刻作为插曲。遇到绝望的时候，只要你咬咬牙挺过去，绝地反击，不要停滞不前，绝望就有它鞭策性的效用了。“有时候人需要的是真正的绝望。真正的绝望跟痛苦、悲伤没有什么关系。它让人心平气和，让你意识到你不能依靠别人，任何人，从而得到快乐。它让你谦卑，因为所有别人能带给你的，都成了惊喜。它让你只能返回自己的内心。绝望不是气馁，它只是命运的归命运，自己的归自己这样一种实事求是的态度。”日复一日抱着希望，可能是好事，但也可能是怠惰的温床，很多人的希望都是空想，也是让自己停在原地的借口。不要给绝望和希望下定论了，这两个我们观念中极端的能量也是辩证的。“绝望自有绝望的力量，就像希望也有希望的无能。”

***16**

人和人的灵魂，珍贵的只是照亮对方的一瞬间，更多时候，你需要的是点亮自己。“你错待了自己，我的灵魂，而你将不再有机会来荣耀自身。每个人的生命都是足够的，但你的生命却已接近尾声，你的灵魂却还不去关照自身，而是把你的幸福寄予别的灵魂。”

＊17

小时候，总是乐于向所有人分享生活中各种美好的事情。而长大后，发现这样的分享越来越少了，因为从这种形式的交流中已经难以得到愉悦。是人出了问题。每个人都心事重重，脸上难以挂住长久的笑容，眼神外有难以逾越的屏障。其实这没什么奇怪的，你的苦乐需要自己进行大部分的消化工作。如果你是一个有影响力的人，你人生中的快乐，或许能感染别人一点点。但如果你只是人群中普通的一个，别人哪有时间来与你分享什么，人们只关注自己的得失。斯蒂芬·金曾说，能让素昧平生的人在意你生命中的美好事物，原本就不容易。

***18**

说渴望自由的是我们，但真的可以逃离束缚的时候，我们自己的怯懦却致使自己无法脱身。我们都有胳膊有腿，有可以思考的大脑，却还总是被现实禁锢。其实没有什么能捆绑自由，作祟的是心中早已预设好的自己甘愿做现实的囚徒的情景。现实本身就是枷锁，但戴着镣铐也能跳舞。

We meet, just for fun.
We make love, just for fun.
we tried doing things.
But they wouldn't be significa
even once.

*19

年轻的我们身体里面有太多能量、太多情绪，需要通过这样那样的方式散发出去。有人在无休止地为理想奋斗，有人在抢劫，有人在撒谎，有人在做爱，有人在无边无际的白日梦里获得安慰。年轻的世界对于我们来说还有很多未知，但是因为我们还年轻，所以还有可称得上美丽的酸涩与悲哀。

*20

人需要靠不断的遗忘，

才能活下去。

一个总陷入回忆的人是走不远的。

*21

原来所有妨碍我们爱情的障碍都是一些毫无意义而且不值一提的事物，就像障眼法形成的一种假象。人一旦坠入爱河，再想深入地思考爱情的意义，就应该突破世俗的幸福或不幸福、罪恶或美德等现有的观念，从更高、更重要的出发点去思考问题。如果你不愿意这样，那干脆什么都别想。

*22

最重要的是能快乐地生活，不要把人生想得太复杂，因为人生的真实面目恐怕是再简单不过的东西。小时候，幸福如此简单，当我们长大时，简单似乎总被复杂取代，那就把简单作为幸福的标准吧。愿我们都安好如初。

*23

沈从文在给张兆和的一封信中写道："想起你，我就忍受不了目前的一切。我想砸东西，骂粗话，让冷气吹冻自己全身。我明白我同你离开越远反而越相近。但不成，我得同你在一起，这心才能安静，事也才能做好！"有时候真的从心底感觉到需要一个人陪伴，需要身体的温暖和耳边的抚慰。空空落落的生活，左手右手边都没有人，是多么艰难的事，连最细微的烦琐都能让你溃不成军。若有一个人，肯陪着你，只要静静地陪着，让你感到踏实与安心，累了倦了怕了的时候，平静地握住你的手，甚至无须言语，洪水猛兽又何惧？

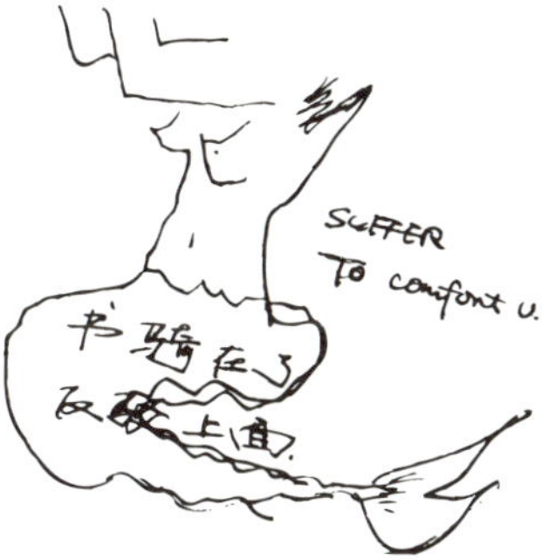

*24

我害怕被打扰，
也害怕过多的要求。
所以我也很少去打扰、去麻烦别人。
要知道每个人都非常需要自己的空间
来应对处理生活中的事情。
只有无所事事的闲人才会喜欢赖着别人，
没有自己的生活，
也给别人平添负担。
朋友的约会，
一定要“情投意合”，
一拍即合才有意思，
彼此都有交流的意愿，
才能搭起沟通的桥梁，
才能运输情感与思想，
否则，约会便是拖延时间，
失去意义。

天使をつまずく

*25

每个人都想寻觅到一个天使，可惜人自从降临到尘世，就注定要沾染尘埃。你我没有本质的不同。想要在爱情的天空中飞，自己却连一双洁白无瑕的翅膀都没有，又怎么好奢求遇见天使？

*26

交友的时候总是浑浑噩噩，后来才发现消耗自己最多的人竟然是自己选择的朋友。“如果对方没有使你感觉到自己在获得更好的成长，那他是应该离开的。你的时间不多，不要粗率地吃一道在变坏的食物。要选择能使自己更为洁净和优雅的食物，如果暂时没有，就喝水、休息、观想，自己往前走。”永远不要和消耗自己的人有交集，不要为人生平添无谓的负荷。

＊27

别人的眼光像是一片深不可测的海。

如果你想逾越它，

就请你练好泳技，

做到如鱼得水、游刃有余，

别那么容易被淹死。

***28**

面对一份感情时，你若拿它与其他东西来权衡比较，又或者直接在心中掂量它的分量，那这感情一定没有深得你心。坚不可摧的感情会在确定的那一刻迅速在你的心中生出根来，再把你的心紧紧缠绕住，由不得你去思量，脉搏都早已随之而动。

*29

越喜欢你，越想躲你。

*30

爱情里合适的才是最好的。这句已经司空听惯的话真是要经历过足够的爱情挫败才能慢慢显出道理。找到一个合适的人并不意味着你要勉强，而是找到一个真正让你安心的人。好高骛远、攀比争夺、不切实际的情绪游戏都不应该被定义为爱情。合适的人靠近时，请努力珍惜吧。就像一首歌的歌词写道：“爱要耐心等待，仔细寻找。感觉很重要，宁可空白了首。等候一次，真心地拥抱。我相信在这个世界上，一定会遇到，对的人出现，在眼角。”直白，准确。

＊31

只要你需要，就想为你做最平凡、最不起眼、最温驯的人。不说话，不胡闹，不惹你生气。只要能看着你，拥有你，和你安静地待在一起。

＊32

好想疲惫或悠闲的时候有人依偎，全无防备。

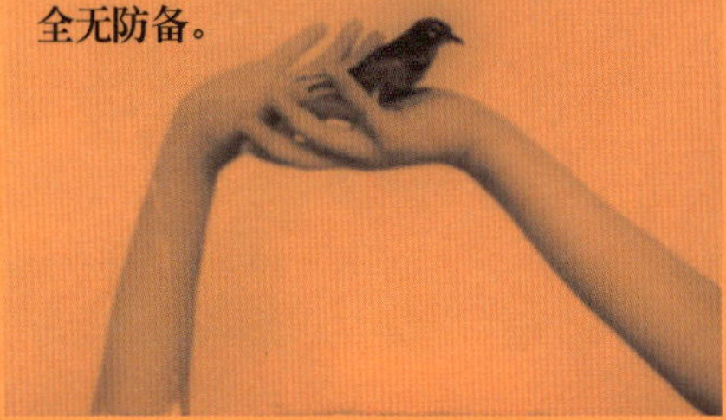

*33

有个人你看第一眼就永远爱上了，但他却从看你第一眼就永远不会爱上你。

*34

我太爱为你着想，
你也太爱为你着想。

*35

爱情世界里，有一群低等人类，喜欢骑驴找马。优秀的你千万别去做那只傻驴，也别天真地以为自己会是那最后一匹马。当然更要告诫自己别去做那个四处张望、欲求不满的低等人。

＊36

爱一个没有结果的人，
原来要花这么多时间在沉默中自嘲。

＊37

在爱里我们久病成医，
哪怕不能根治伤痛，
也懂得了如何麻醉自己。

＊38

如果你是阳光，
我希望不会有阴天的时候。

＊39

生命中有一个极其重要的恋爱对象是自己。
在只有你和你自己的时空里，
与自己对话谈心，
安静地爱抚、拥吻。
与自己恋爱过的人，
就算今后走出自己的世界，
到天涯，
到海角，
也可以挨过无垠的孤独。

＊40

如果你没有爱上一个人的缺点，
请不要说你已经爱上了这个人。

*41

某个注定的时刻，你会亲手扼杀掉自己的幼稚，坚定且不留余地。从那一刻起，所有戏剧性的美梦憧憬，所有疯狂无畏、横冲直撞，都会湮散。幼稚的死亡，会让你痛得钻心，但它也会让你在现实世界里清醒地存在和思考。永远勇敢，直到麻木。

＊42

不要太在乎自己受了多少委屈。委屈人人都有，只是说出来的人比较脆弱。你越在乎它，它越是揪着你的心不放，扰乱你的步伐。“要学会一笑置之，要学会超然待之，要学会转化势能。智者懂得隐忍，原谅周围那些人，在宽容中壮大自己。”

＊43

“人的转变不是一瞬间完成的，时间的磨蚀，痛感的流逝，日积月累，等到了一定程度，他忽然明白，再也不能这样过下去了。这就站在了告别的节点，也清清楚楚地明白，告别，等于有什么东西在自己身上一点点死去，自我折损了。闲情逸致开始消失，他开始忙碌起来，直到把自己从内到外全部掏空。”我们终于要告别自己，投身于现实世界的海浪里，有人随波逐流，有人变得空洞，变成漂泊的躯壳。这种由内至外的改变，在大多数人身上发生了。但必定会有少数人，依然保持愤怒。

*44

蔡康永的书里写道：“你为爱受苦，就算苦到如行尸走肉，也难以因你一斤的苦，而增对方一丝的甜。对方没有因你受苦而快乐，就没有理由觉得亏欠你，也就难以有理由想补偿你。很遗憾，你的受苦，难以被感激，只可能遭忽视、遭避讳、遭嫌弃，因为无人因你而获益。所以，苦完必须的量，就让这苦，深埋成人生的矿吧。”

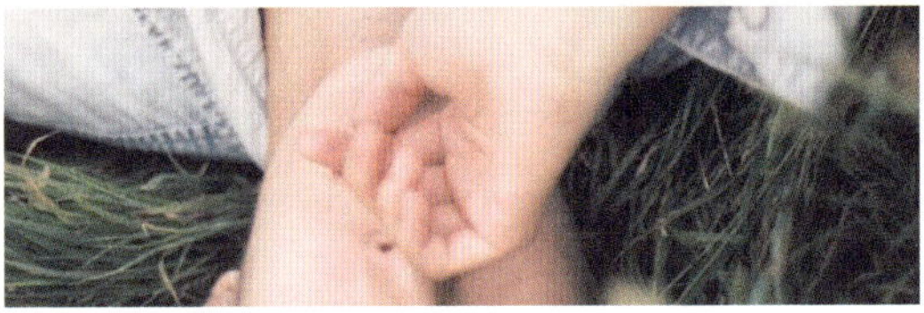

＊45

所谓爱，就是被人高高抛起然后又被重重砸下的那种暴力，就是被征服者，在自我的废墟上，协助那个征服者残杀自己。

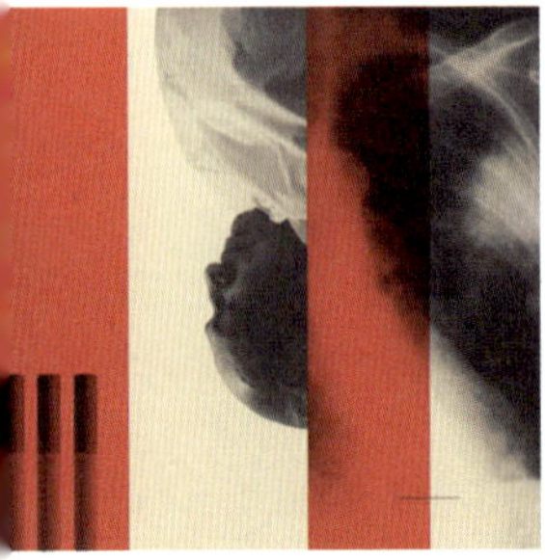

*46

对的人，就是爱情里面最好的风景。

“有些人浅薄，有些人沉默，有些人金玉其外，有些人内在光华。但每个人都会在某一天，遇到一个彩虹般绚丽的人。当你遇到了这个人，就会觉得其他一切都是浮云。”

*47

誓言不轻信，

谎言不妄听。

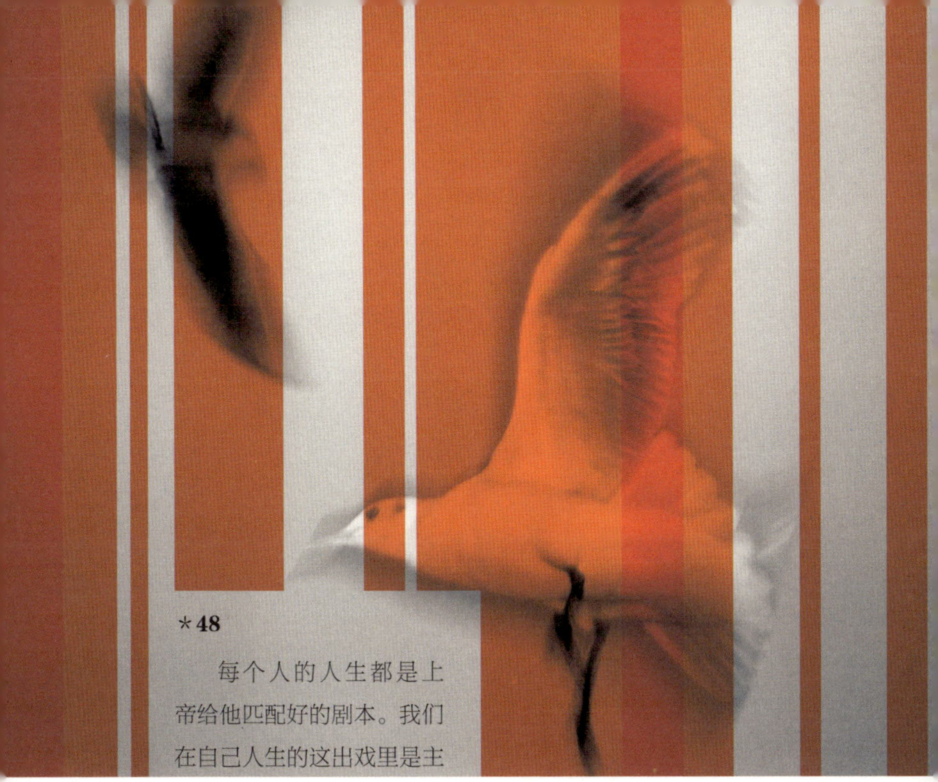

*48

每个人的人生都是上帝给他匹配好的剧本。我们在自己人生的这出戏里是主角，但一旦走进了别人的剧本里，便注定是配角，无论怎么演都是孤独。演好自己手里这出戏，才是对人生最完整的交代。

*49

看事情越来越明白会教人失了做事的勇气，我们都别忘了最初懵懂时一往无前的冲劲。

*50

你要知道在你成功之前你就是个屁，谁都能嫌你臭。你不要去在意任何人不怀好意的怀疑、讥讽、谩骂、嘲弄。当你成功以后，这些都会烟消云散。

第二章

和你沉默相对却不尴尬的人

Chapter 02

Midnight Cure

这个人是谁？或许有人已经找到，或许有人还在苦苦寻觅。

当你找到的时候，请抓紧不要放手。

＊51

长大后，哪怕用眼前十倍苦心经营的快乐，也换不回年少时某个午后傻乎乎胡思乱想的烦恼。时光终于偷走了每个人的天真。

*52

青春降临在你我最荒唐的时光，这年华里我们有暴走的性欲、压抑的窥探、疯狂的幻想、执拗的冲撞，但青春让我们连猥琐的时候都有可爱的模样，甚至可以让任何拥有它的人光芒万丈。年轻多好，别透支了这资本。

*53

无论你说我好坏美丑，
我都照单全收，
但我不会为你改变或低下头。

*54

别人对自己越有新鲜感，

就越害怕。

害怕的当然不是新鲜感本身，

而是害怕无一幸免的厌倦，

害怕的是新鲜与厌倦的落差。

＊55

“那时我们有梦，关于文学，关于爱情，关于穿越世界的旅行。如今我们深夜饮酒，杯子碰到一起都是梦碎的声音。”是啊，最好的时光都是用来辜负的，青春的梦会碎，但人生却依然滚滚前行，不为任何人作停留。

***56**

对的人对的事，不怕时间洪流的磨蚀，也不怕生命似旋涡翻腾。注定该留的会永远留驻，哪怕错失了也会回到你身边。

***57**

有时候反而会害怕去触碰那些自己太喜欢的东西。比如某一部电影，如果我太喜欢，反而不敢妄作评论，害怕自己的稚拙亵渎了它的深意。这源于不自信，却也源于单纯的诚恳。对人也同样，遇见太优秀的，自己虽然喜欢，却因为害怕无法驾驭而敬而远之。其实如果袒露自己的倾慕，是件很动人的事，或许我们真的该跨出一步，去触碰那些你眼里熠熠发光的东西。看到你执着而清澈的眼神，也不会有人忍心把你灼伤。

*58

嘴巴能吐出快意，耳朵能聆听感伤，眼睛却能吐纳所有情绪。若眼睛里没有默契，人在沟通时，听了可以置若罔闻，不想说可以三缄其口，只有眼睛藏不住心事和情感。

*59

在某个时候，

你和某个人目光交织，

便知一眼万年。

“当我把眼睛沉入你的眼睛，

我瞥见幽深的黎明，

我看到古老的昨天，

看到我不能领悟的一切。

我感到宇宙正在流动，

在你我的眼睛之间。”

＊60

有时候，免不了忧虑老去以后是否还有人爱慕与记挂，像杜拉斯在《情人》中那段经典的话：“有人走过来，他对你说：‘我认识你，永远记得你，那时候，你还很年轻，人人都说你美。现在，我是特地来告诉你，对我来说，我觉得现在的你比年轻时更美。那时你是年轻的，但与你那时的容貌相比，我更爱你备受摧残的面容。’”这样一番话会给听者带来多深刻的满足呢？这深入骨髓的浪漫，已经不再充满种种可能，而是有人坚定不移地爱着自己的残缺和不完美。

这样无与伦比的爱，究竟是上帝给她的恩赐，还是岁月给她的坚定？或许都是，像一颗珍珠的形成，幸运而深沉。

*61

“我也不断寻找生命之所，每个人都一样，不是只有你为此痛苦而已。不过就算再怎么寻找，追求，也不可能找到自己的生命之所。不管跟什么人交往，没有人可以给你你想要的地方。”

人类交谈，交往，交合，交心。总想把自己交给别人，这是在看似拥挤实则空旷的世界里的不安。心跳支撑着你在熙熙攘攘的人群中一直走，你的心离开你的身体和血液只能停止搏动。它如果空洞，可以被填充，就算干涸，也能被浸润。但它不能被轻易交付。别人的身体也不可能无排异地包容你整个灵魂与思想。尼采曾说，没有一种人际关系能够隐藏寂寞。所有的人际关系都如此的薄弱、脆弱。你在内心深处很清楚：即使你身在人群之中，你也是跟一群陌生人在一起。

人最终都只能回归自己，心灵在路上总是踽踽独行。与他人的交付只是一个形式。

is always on a strange road.

one day you will

things you try hard to forget

gone.

*62

所有关于时间的谈论里，只有一个时间是重要的，那就是现在。流逝了的，还没发生的，你若去想便是杞人忧天。人总是在感叹时间的飞逝中无谓浪费了最重要的当下，却还抱怨自己的所作所为。

＊63

我们为什么感到遗憾？因为放弃得太轻易。我们为什么痛苦？因为固执地坚持着不该坚持的事。人们面临很多虚假的需求，每天为了虚妄的幸福而奔波忙碌，身子太忙，脑子太闲。长此以往，会变成灵魂空洞的行尸走肉。我们在费心尽力前都应该看清楚坚持与放弃的客体，这样不管做什么都会有举重若轻的良好感觉。

＊64

“多少人爱你青春欢畅的时辰，爱慕你的美丽，假意和真心。只有一个人爱你朝圣者的灵魂，爱你衰老了的脸上痛苦的皱纹。”这个人是谁？或许有人已经找到，或许更多人还在苦苦寻觅。当你找到的时候，请抓紧不要放手。有了一个比你更爱你自己的人，从此什么也不缺。

＊65

无条件地渴望轰轰烈烈的爱与生活。“我认为因为不能爱而受苦，这就是地狱。生活的碎片，它们轻快、细小，却使人遍体鳞伤，并且有一种景况告诉我们，任何平淡的生活，都延伸出恐惧。”平淡是对年轻最大的磨蚀，害怕日后脑海中没有任何可以让我回忆的波澜壮阔。宁愿现在被生活的海浪拍打，在汹涌中挣扎，也不要随波逐流。

＊66

张爱玲说：“我要你知道，在这个世界上总有一个人是等着你的，不管在什么时候，不管在什么地方，反正你知道，总有这么个人。”人潮汹涌中，你一直独自往前走，但有个人注定会逆着人群走到你面前，那时候一定要认出他的样子。

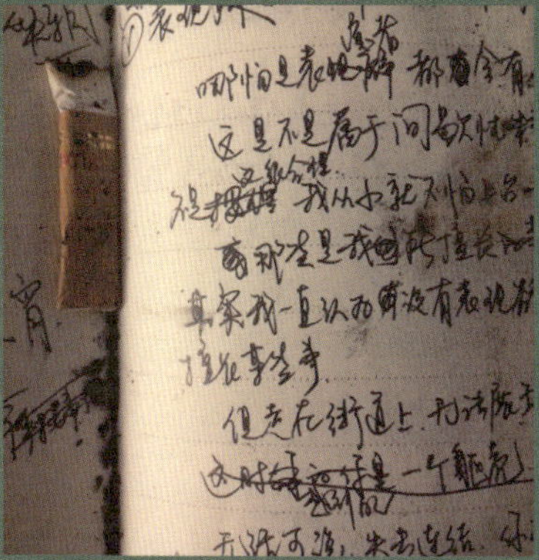

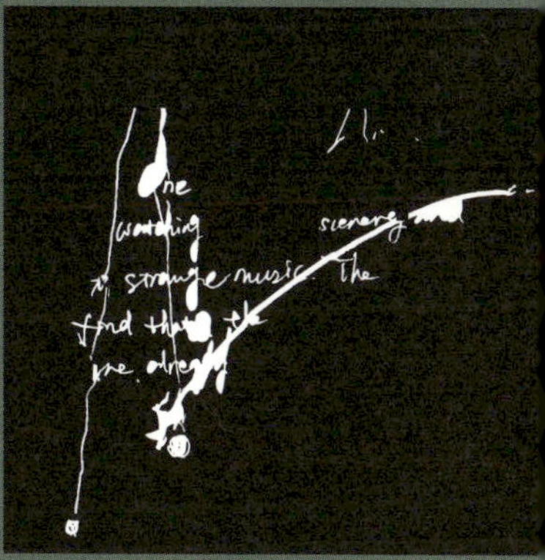

*67

在白天对什么都不动感情是极为容易的，但在夜晚就是另外一回事了。白天时你清醒地、有计划有规律地活着，只要忙起来就可以什么杂念都没有。而夜晚是个拷问人情感的恶魔，它咄咄逼人地问你为什么孤独，这让你更孤独。这就是双人床发明的原因之一吧，因为不想孤枕难眠，才要去找一个臂弯，找一个怀抱。

＊68

我们其实没有离纯真很远，

有时候这些感觉很浅显。

像帕慕克在《纯真博物馆》里写到的那样，

“我的胃里有午饭，

脖颈上有阳光，

脑子里有爱情，

灵魂里有慌乱，

心里则有一股刺痛。”

*69

即使在千万人中行走，
我也能一眼认出是你。
因为别人都是踩着地走路，
而你是踩着我的心在走。

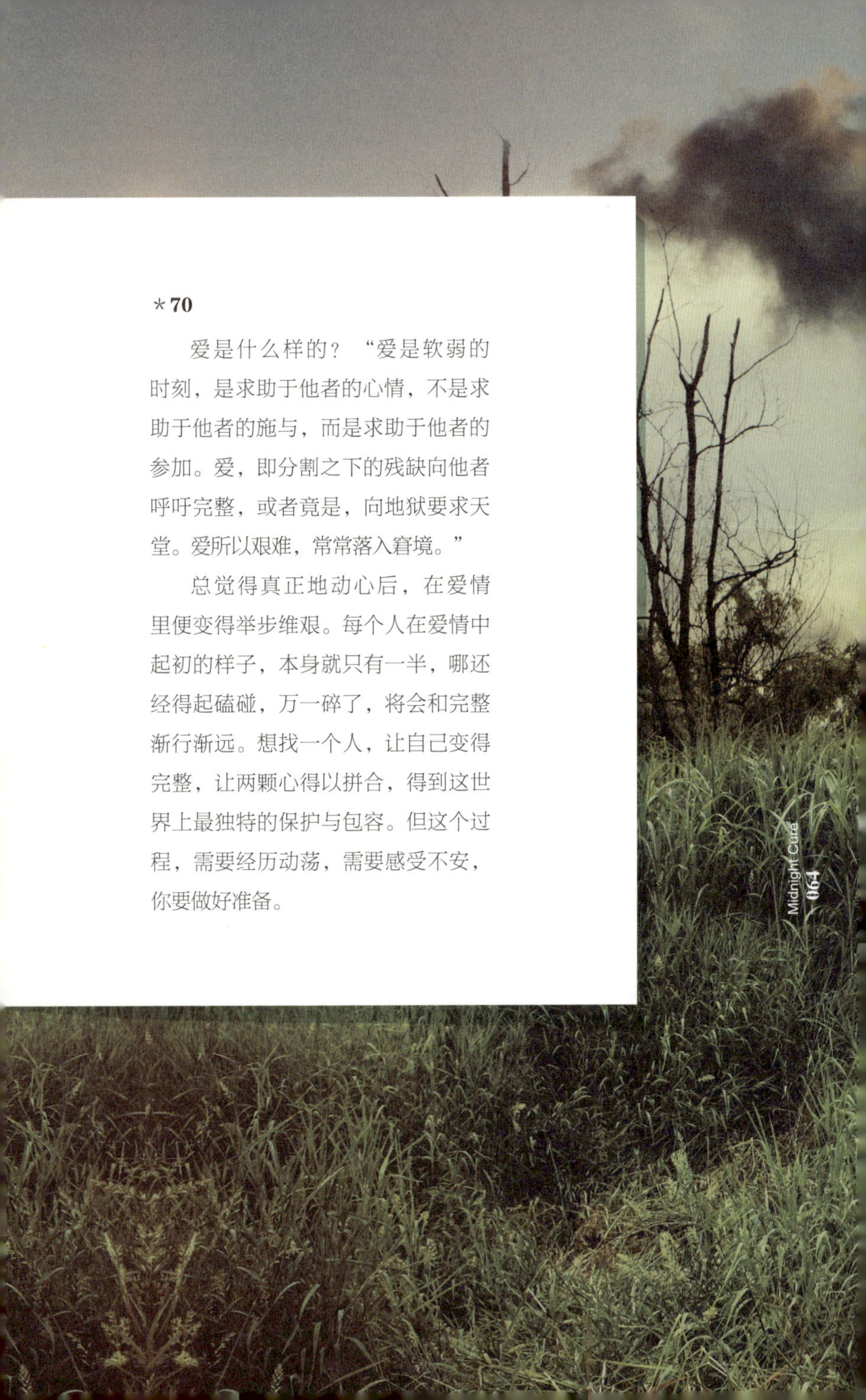

***70**

爱是什么样的？“爱是软弱的时刻，是求助于他者的心情，不是求助于他者的施与，而是求助于他者的参加。爱，即分割之下的残缺向他者呼吁完整，或者竟是，向地狱要求天堂。爱所以艰难，常常落入窘境。”

总觉得真正地动心后，在爱情里便变得举步维艰。每个人在爱情中起初的样子，本身就只有一半，哪还经得起磕碰，万一碎了，将会和完整渐行渐远。想找一个人，让自己变得完整，让两颗心得以拼合，得到这世界上最独特的保护与包容。但这个过程，需要经历动荡，需要感受不安，你要做好准备。

＊71

流眼泪代表怯懦吗？
并不一定。
真正强大的，
不是没有眼泪的人，
而是含着眼泪奔跑的人。

＊72

想要被爱之前，
先问问自己是否足够自爱。
如果连自己都不爱自己，
当爱来的时候，
你根本没有能力去接受。

*73

“我们避而不谈的东西像极了我们自己。”

*74

那不勒斯的海水，在我的耳边流淌，我早已听见塞壬在呼唤我，我充耳不闻，只愿和你溺水而歌。

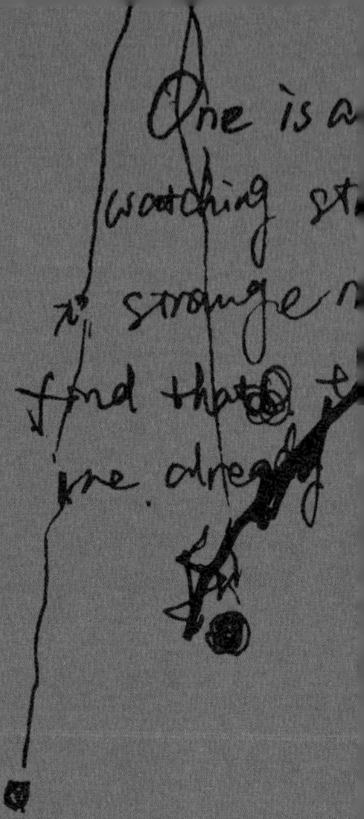

*75

你是我的海，

就算海水腥咸，

我也不畏惧饮鸩止渴。

贪婪呼吸，

睁开双眼，

寻找最温暖的洋流。

游到那里就可以看见你的心吧。

*76

为什么不能哭，不能大喊，不能全力地爱？为什么要压抑，要沉默，要冷静成熟，让疯狂的爱情梦想湮灭成烟？我宁可你给我一个失火的夏天，让我疯狂地爱，哪怕烧成灰烬。

a strange road.
scenery and listening
The one day you will
gs you try hard to forget

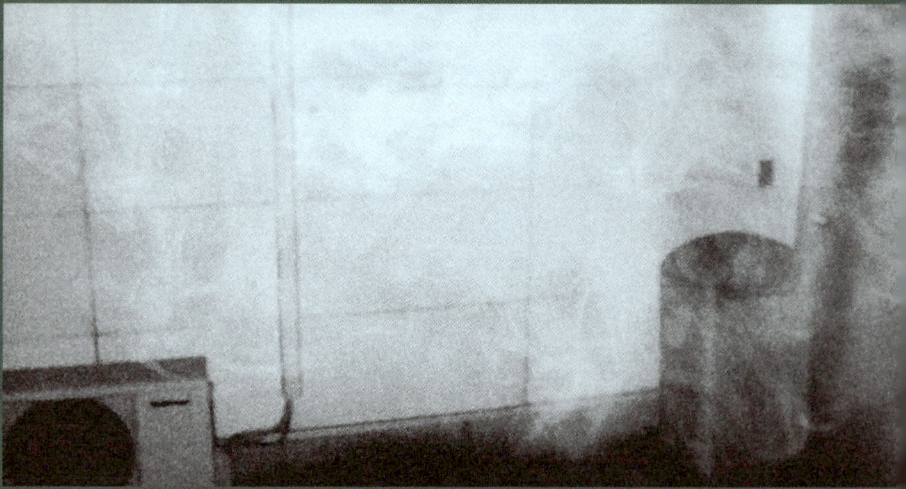

＊77

苏格拉底曾说，

人的一生无法两次踏入同一条河流。

一切都在随时间不断变化，

时过境迁、物是人非每天都在发生。

当我们找到一条路以后，

就要坚定地走下去，

心里不应该总是记挂过去的风景，

因为没有后路可以走，

也不能重新开始。

我们必须一直走到底。

生命短暂到没有给我们反反复复的资格。

*78

人常说，

如果你和一个人分手了，

你可能会觉得还爱着对方，

其实，

你舍不得的只是爱着别人的感觉。

很多时候，

让我们内心受苦的，

不是一件事本身，

而是我们为自己附加的故事情节以及对它过分的执着。

*79

“茕茕白兔，
东走西顾。
衣不如新，
人不如故。”

*80

求爱的人比被爱的人更加神圣，因为神在求爱的人那一边，而非在被爱者那头。——苏格拉底

大多数人，在爱情面前，应该还是愿意扮演被爱者的角色。被爱的人通常是轻松的，那一点点不爱别人的愧疚与负罪感，简直在眨眼间就可以抛到九霄云外。因为被爱而产生的痛苦，和爱情已经没有关系了，那只是因为被爱者实在给不出半点爱作为回馈，因此压抑得发狂。换个立场，如果被爱者是以下几种回应的话，求爱者将受到极大的摧残：直接将你的爱拒之门外，用绝对的冷漠将你冻结；对你忽冷忽热，放不下被喜欢的优越感，于是将你悬在半空；接受你的爱，半路醍醐灌顶般告诉你无法再继续，因为没有真正接受过你的爱……求爱者要忍受这世界上最多的孤独，于是他们变得更懂爱情。爱情的神明眷顾他们，让他们能在感性后拾起对爱情的理性，去遇到一个对的人。

*81

爱情专家认为，想要忘记一段感情，方法永远只有一个：时间和新欢。要是时间和新欢也不能让你忘记一段感情，原因只有一个：时间不够长，新欢不够好。时间是所有人公认的最伟大的疗愈。可能还有很多人认为，“新欢”这个词听起来像是对自己的讽刺和对过往感情的背叛。这种钻牛角尖的想法其实最不应该存在。你对一个人的执着，其实是可以放在心底的，但不必再为失去的、错过的、不可能的爱继续受苦。有了新欢，对自己是最好、最负责、最应该的交代。

*82

一个需要你苦苦应付的情人，他很有可能是你生活的敌人，他不但不能分担你的忧愁，还给你徒增愤懑，怎么能算作伴侣？“你需要的伴侣，最好是那个能够和你并肩立在船头，浅吟低唱两岸风光，同时更能在惊涛骇浪中紧紧握住你的手不放的人。换句话说，最好他本身不是你必须应付的惊涛骇浪。”

*83

“我颠覆了整个世界，
只为摆正你的倒影。”

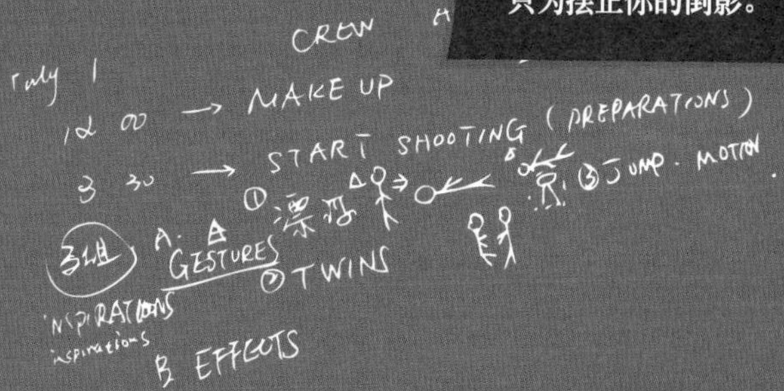

*84

“生活方式是种信仰。所以找到并坚持自己生活方式的人，必然都是生活的虔诚信徒。承载他们浪漫的物件各种各样，有旅程、锉刀、文字、曲线和颜色。但他们总归都找到了自己真正的内心所需。毕竟一个有浪漫可以寄托、有生活方式可以坚持的人，绝对和自己的心面对面聊过。”我对此赞同不已，懂得适度合理地享受生活，是一种对未来的信心和勇气。你要相信自己会过得越来越好，无须挥霍，只是在尽可能的范围里，不去委屈自己。有自己喜欢的小东西，有那么点人们所说的小资情调。我也有很多生活条件很一般的朋友，把自己的住所收拾得充满情调、意趣盎然。做一个当下的生活家，不需要分什么贫富。

有趣

*85

自欺欺人是个恶性循环。为虚荣和一些不必要的尊严而活，其实是让自己受累。有些东西你没有，却执拗地想要加之于自己身上，因此你要不断去伪装。你没有开口对他人说谎，却始终不能让别人了解你的内心，实际上你已经骗了别人也骗了自己，形成了一些扭曲的怨念，负面地影响着内心世界。陀思妥耶夫斯基在《卡拉马佐夫兄弟》中写道："对自己说谎的人会比别人更容易觉得受委屈。因为有时觉得受委屈是很有趣的。他也知道别人并没有委屈他，是他自认受了委屈，为了面子就说谎，夸大其词，装腔作势，斤斤计较片言只语，小题大作——这些他全都知道，却还是一碰就自觉受了委屈，于是就弄到真的产生了怨恨。"

*86

出现在你生命中，你爱上注定得不到的人，你不敢再和他见面也不想多作打扰，你只是每天在心里排演千万遍和他唯美的爱情桥段，直到这变成你拿手的内心戏。终于，当你每喊一次action时，其实是在已经长好的伤疤上撒盐，渐渐地也没了痛痒。你说你还是忘不了，但你爱的早已不是他，而是那些画面，是自己给自己的戏份。

*87

大学之前一直生活在贵阳。贵阳是一个吃货的不夜城。相比之下很多人可能更了解成都、重庆的美食，但我经过对比，发现自己老家在这方面也是毫不逊色。口味方面也是以辣为主，区别于巴蜀地区以香辣为主，我们以酸辣为主。而且说到吃，似乎在华灯黑夜中大快朵颐更有滋味。夜宵作为一种文化，已经深入人们的生活。在贵阳有一条合群路，这条不夜街上的酒吧、夜宵摊星星点点，相对于这个密集的小城市，显得蔚为壮观。贵阳人好饮酒，也好呼朋引伴吃夜宵。从火爆的烧烤、火锅到各种粉面，色香味俱全。在贵阳的日子，晚上如果和朋友出去饮酒作乐，不续一摊夜宵是无心归家安眠的。这成为了一种有趣的习惯，而且人人都乐于保持它，不仅是因为夜宵的美味难以抵挡，还因为喜欢那种朋友相聚的欢乐。

后来长年生活在北京。这个城市高大冰冷的建筑物鳞次栉比，车水马龙，或许是面积实在太大，晚上走在大路上的人很少，吃夜宵的地方也变得零零星星。但生活久了，也渐渐变得习惯。作为一个资深玩家吃货，早已摸透了各种夜宵据点。北京有名的簋街，到了夜晚灯笼亮起来，变得红彤彤的，变成整个北京城最热闹的地方。冬天的晚上吃火锅牛蛙小龙虾，醒酒又暖身，喜欢热闹的人一般都会去。当然还有很多别的选择，一些日本居酒屋也会开到深夜。半夜饥肠辘辘，想谈心、想夜聊，就牵着伴侣或约上最好的朋友去斟壶夜酒，好不惬意。

科学证明在夜晚摄入过多的卡路里会直接导致肥胖，减肥的人更是不能去吃夜宵。但身边好多正在减肥的朋友似乎约着去吃夜宵的频率要高于其他人。事实更证明，很少有人能抗拒夜宵的诱惑。

它带给人一种温暖的踏实感。就算是在路边小摊，和三五朋友坐着，等着老板端上热气腾腾的食物，都可以给人带来充实的幸福感。

我们不过是需要相聚和慰藉，饭桌让人聚拢，把酒言欢，把生活里积攒的空虚消释，是多么舒心的事啊。

夜深了，你刚把杯面放进微波炉，快暂停加热吧，翻翻手机，找个朋友出来陪你吃夜宵。

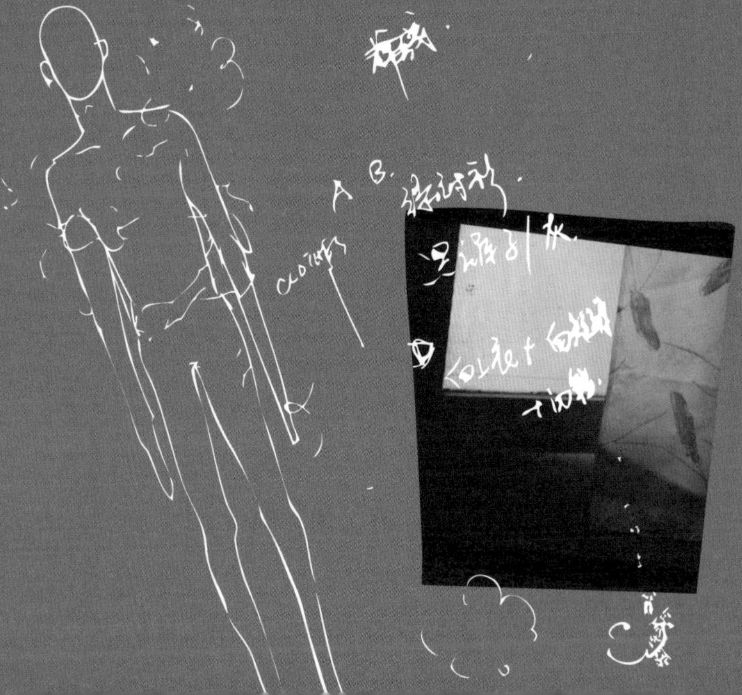

*88

前段时间总感到心绞痛，去医院查，竟然是冠心病的前兆，医生说如果不想发展成真正的冠心病，需要赶快调整心情、随时随地保持愉悦。心情压抑焦虑、压力大很容易诱发这方面的疾病。医生给我开了一瓶救心丸，在心脏不舒服的时候吃，但心情始终没有调整过来，所以不适感持续存在。后来我索性什么也不做，保证吃好睡好，天天找朋友没节操地开心聊天，睡觉前看搞笑的综艺节目或几集美剧，去微博上找搞笑的段子看，不出一个星期，就再没有不舒服的感觉了。

原来幽默才是最好的救心丸啊。

幽默是个英译的外来词，英文中的这个词又来源于拉丁文，本义是“体液”。古希腊医生希波克拉底认为，人的体液有血液、黏液、胆汁等等，其组成的比例不同，从而使人拥有不同类型的气质。幽默这个词的广泛运用，则要归功于英国人文主义戏剧家琼生。他写的《个性互异》和《人各有癖》都以幽默闻名。他的讽刺喜剧代表作《伏尔蓬涅》里，人物性格就是按“气质”界定的。由于文艺本身具有社会传播功能，琼生的幽默理论不胫而走。而把这个词移入中国的，是著名的林语堂先生。“幽默有广义与狭义之分，在西文用法中，常指一切使人发笑的文字，连同鄙俗的笑话在内。在狭义上，幽默是与郁剔、讥讽、揶揄区别的，这三四种风调，都含有笑的成分。不过笑本身有苦笑、狂笑、淡笑、傻笑各种不同，又笑之立意态度，也各有不同。有的是酸辣，有的是和缓，有的是鄙薄，有的是同情，有的是片语解颐，有的是基于整个人生观，有的是思想的寄托。最上乘的幽默，自然是表示‘心灵的光辉与智慧的丰富’，各种风调之中，幽默最富于感情。”他在《论读书，论幽默》中如是写道。

幽默如润滑剂，让生活不那么枯涩。幽默感是我们调节情绪的方式，也是我们适应社会的工具。生活中充斥着尴尬的不适感，或者无聊透顶得让人无法忍受。这些让我们的心灵饱受负荷与干渴。此时只有幽默感是最上乘的救心丸。具备幽默感的人，像长着聪明的触角，能在很多事情中找到可以聊以自慰的地方。幽默不过就是重组或破坏逻辑来让自己发笑，生活本身是否有趣我难以下定论，我只知道做个有趣的人并不难。

＊89

我想要试着为爱情坚持至少一次，

就算对方没有回馈予我任何东西，

我也相信热爱能帮我抵御岁月。

热情若未变，

哪管它沧桑变化？

＊90

我试戴了你的面具，觉得看世界变得狭隘辛苦。面具虽美，却让人摸不到你温热的肌肤，看不到你的表情。我庆幸自己从不戴着面具去爱、去做人，我不需要防备。伤疤我从不畏惧，它总会愈合，但我却拥有那颗灼热的、你永远没有的心。

＊91

若要比喻爱人，我最喜欢的描述是：你是我温暖的手套，冰冷的啤酒，带着阳光味道的衬衫，日复一日的梦想。

若要比喻爱情，我最喜欢的描述是：爱情之于我，不是肌肤之亲，不是一蔬一饭，它是一种不死的欲望，是疲惫生活里的英雄梦想。

*92

其实只要抱着你的这一分钟觉得很暖就够了。

*93

爱情和自信的建立有着极大的关系。经历一些不好的爱情，会让我们的自信破损。但人还是会重新开始，再遇到值得付出的人，然后一点一点地重拾自信。

*94

如果无法变成你喜欢的人，
也无法再靠近你，
也无法再找到和你类似的人，
那就变成像你一样的人，
或许这样才能亲近。

*95

我们一定有段浮躁的时间觉得想抛开一切繁文缛节、条条框框和那些一直束缚我们的规矩，于是迁怒于书本，想烧掉它们，靠自己去体会怎么为人处世。结果生活的复杂与不确定让我们发现，我们实在是太高估自己了，还是应该回归书本，不然当遇到挫折的时候连宽慰自己都词穷。

*96

你会找到一个特别的人，

和你一起闭上嘴不说话，

享受片刻沉默却不觉尴尬。

＊97

这个世界不管再污秽，

你也忍不住睁大眼睛看个究竟。

因为你在寻找共性。

可能是曾经的污点，

现在的忍耐，

将来的苦难。

但你注定要依恋这个世界，

虽然黑暗，

但它让你活命。

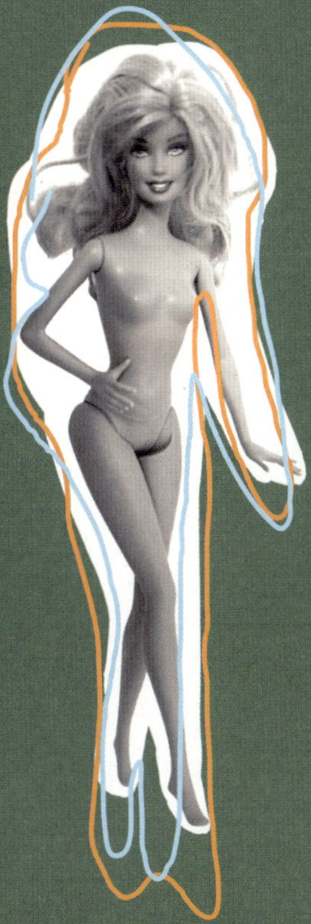

*98

大概在感情里，
每个人都会告诉自己送上门的都不是好东西，
然后就真的错过了好东西。

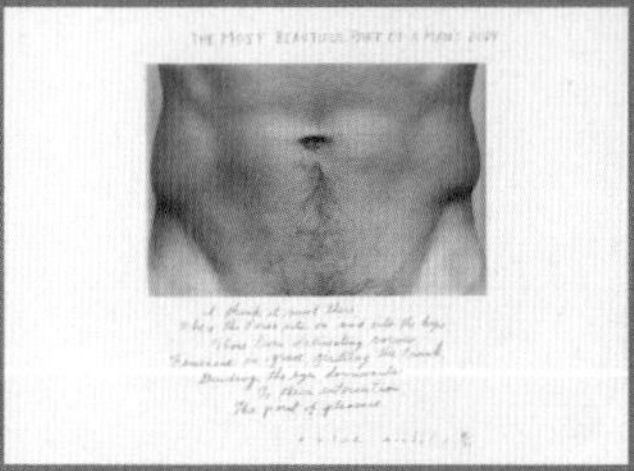

＊99

当我们和孤独相处得不好时，就会开始把情啊爱啊搬出来当作药物麻痹自己。于是在迷烟中混淆了爱和占有，在混沌里分不清爱和依赖。但你所谓的那些糊涂的、神经质的情爱只是寂寞轻易撒下的谎。想戒掉这些过眼云烟，就得先学会正视孤独，并学着和它好好相处。

*100

过去由那么多瞬间组成，
总有一些瞬间，
我们想永远停留在那里，
比如和你在一起的每分每秒。

*101

我厌倦任何摇尾乞怜的行为，

乞讨认同，

乞讨友谊，

乞讨爱情。

乞讨而来的永远都是廉价的施舍或诞生于一瞬的同情，

冰冷，

带着嘲讽，并且绝不长久。

* 102

末日的脚步比你还快，
我猜它到的那一天，
你也没走到我身边。

*103

喜欢一个人固然没有错，

你喜欢的人不喜欢你也没有错。

这其中原因很多，

也可能很伤人，

不去问原因，

我们会更快乐。

*104

人生就是一个需要我们不断放下的过程，

这些拿起放下、

淡忘坚持都会逐渐随着岁月变得稀松平常。

但其中只有一件事最令人遗憾痛心，

那就是无法好好地道别。

＊105

当你觉得你已经长大，
其实这个世界才刚准备开始教训你的幼稚。

＊106

如果梦里有更多你想要的，
让你不愿醒来，
为什么不努力把它们搬到现实里来，
去实实在在地感受。
从今天起，
每天都为了你想要的东西而醒来，而不是沉睡。

ART SHOOTING (PREPARAT
A. GESTURES
① 漂浮
② TWINS
③ JUMP.
INSPIRATIONS
inspirations
B EFFECTS

*107

一个人的时候，

你说孤独，

他们嗤之以鼻说你脆弱；

你说寂寞，

他们耻笑说你矫情；

你说需要人陪，

他们嫌你不够自我。

后来你也变成了“他们”中的一个，

不再觉得孤独，

不再感到寂寞，

也终于不再需要人陪。

***108**

所有浮躁的、虚假的情意，都会逐渐冰冷褪色。时间会证明，只有一颗真心，才能随着时日和我们一起成长，才能不被摧毁，才能恒温。

*109

如果你还在等他付出，

不如自给自足。

＊110

我们很容易记住生命中最快乐的片段，也很难抹去心痛的记忆，却可以干脆地遗忘那些稀松平常的事。像是一双不常穿的鞋，一本没看完的书，一个没被你爱上的人，但这些当时我们觉得无足轻重的人或事，在今天偶然从回忆里被拎出来，沾满遗憾的灰尘，也同样能带你缅怀过去，并且显得特别动人。它们虽然平凡，却无比真切地见证过你的成长。

*111

生活像一个忽明忽暗供电不稳的房间，永远不要在明亮的时候贪欢。你应该花时间了解自己在房间里的位置以及周遭的所有情况，比如蜡烛、手电放在哪里。这样在停电时你才能有胆量摸黑找到应急光源，否则只能手足无措，被黑暗吞噬。

*112

我交朋友只凭感觉，有人对我很好，是因为单纯地欣赏喜欢我这个人，而不是想从我这里得到什么。而我也欣赏对方，便自然地成为最好的朋友。彼此欣赏地交流相处，愉快轻松，生活已经有很多狭隘的质疑和贪心的攫取。如果还需要太多迁就、琢磨、忍让，那又何必多一个朋友多一桩事。所以很多人只能点到为止，无法做知心密友。

*113

你最近真的太频繁出现在我的梦里面了。

我一直不想睡，

是因为想保持清醒，

不想看见梦里虚幻的你来欺骗自己；

我睡了又不愿醒来，

是想和梦中的你待久一点。

*114

我文思泉涌的时候，
一般都在失恋时。

*115

以前我很讨厌烟味，很排斥吸烟的人。也认为自己今后绝不会吸烟。而现在，会不自觉地掏出兜里的烟，拿出一支开始慢慢吸。在烦躁、需要冷静的时候，甚至开始依靠它使自己平静下来。原来曾经最不喜欢的东西，有一天会变得难以戒掉。这是人的虚伪，也是人的适应。昨天的习惯不等于今天的坚持。相反，假使你今天丢掉最后一个烟头，今后的某一天你也会是个讨厌烟味的人。对于人，所有事情都有个变化的周期。

不过抽烟绝对是慢性自杀，在这里并不鼓励任何人抽。还是早点戒掉的好。

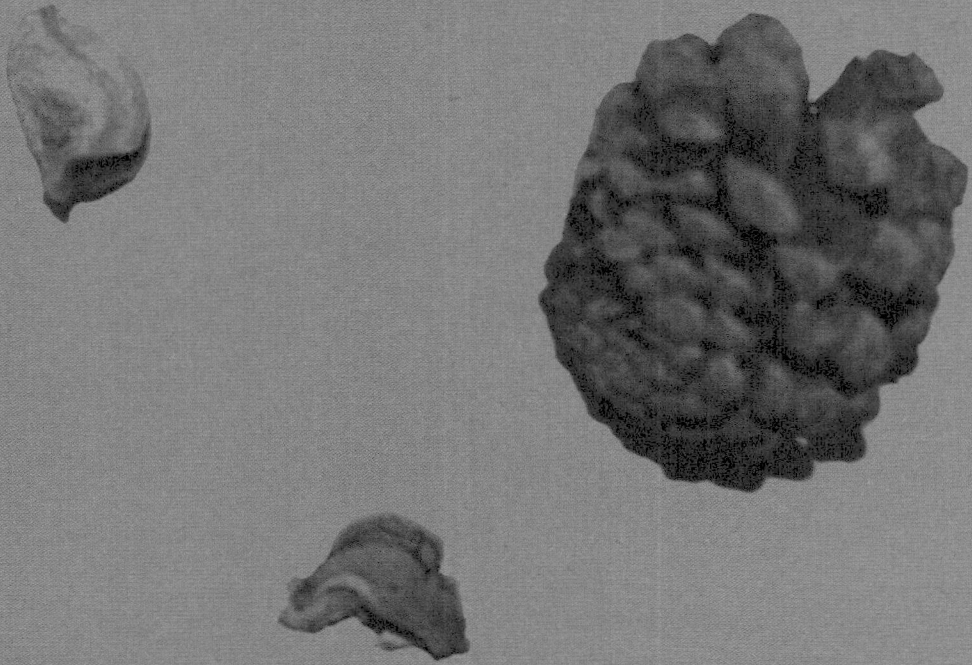

*116

如果你特别喜欢一个人，
但对方对你还没足够的感觉或者还没产生感觉，
只是对你友好时，
你就抓住一线希望猛扑狂贴上去，
会自然被对方视为低其一等并对你产生抵触。
这其实只是人类的正常心理，并不是对方故意要针对你，
从此以后你想要再扳回一城就真的很难了。
再卖萌讨好，对方都会觉得你让他难堪，
你会发现你脸贴得越热，
他屁股就越凉。

*117

渐渐意识到，
不是每个人对自己的看法都重要，
最重要的是在乎的人落在我们身上的眼光。

***118**

我们都在找一颗心住下，只是敲遍了门，被拒绝过，也住进过很多，却都不适合。更多的时间在路上，风吹日晒雨淋。可能当走累的那一天，我们会发现，不一定要逼自己找到归宿。没有目的的流浪也很快乐，至少可以看尽沿途风景，唱自由的歌。何必把这个过程当成被放逐？

*119

你曾经会因为得不到别人的承认而心灰意冷，
但这些都会过去。
因为你终会知道，
你的人生是你的，
或冷或暖，
它都只是你的。

＊120

你越放松，
别人看你的眼神就越温柔。
你越紧绷，
便会觉得每个人都对你皱着眉头。
人和人之间就好比照镜子，
你用什么表情看别人，
别人就用什么表情看你。

＊121

当发现自己开始认真的时候，你的情绪、心智甚至观念都会受到影响，每认真一次，你的平衡就会被打破一次。内心重组再建，会让你成长，也会有心灵崩塌从此缺失一块的风险。当你开始动真格的了，就要拿所面对的事情作赌注。我总选择放手一搏，无保留地认真，所以成长剧烈，却也拥有了一颗年轻却不完整的心。

*122

我有个要好的朋友C，她是个不愁物质的女孩。前些日子常跟我抱怨她被某男缠着。她说她一点也不喜欢这个男的，虽然他对她非常好。C还常常和我一起调侃这个男生的痴情。我自然信她的话。

这几天，这个男生从外地过来找她。C约我和他一起吃饭。我眼前的情景却是他们如胶似漆。C挽着他，两人卿卿我我，看起来感情好得很。我忍不住在心里笑着C，有些嗔怪她小小的不诚实。其实我也不敢确定她心里完整的想法，只看得出来现在C至少从感情上是很需要他的。

如果这一秒需要，就紧紧抱着、黏着、腻着吧，有一个人可以取暖，无害无妨。

＊123

最喜欢阴雨绵绵的天气。
我会幻想出一个人，
和我相拥在被窝里，
透过窗帘看天色阴晴不定。
掺杂着泥土味道的微凉的气息渗过玻璃，
忽醒忽睡，
闻到彼此呼吸。
就这样透过对方惺忪的睡眼，
交换白日梦境。

— 117

和你沉默相对
却不尴尬的人

哪怕是表达尴尬 都会
这是不是属于间歇性
不是 是然会想 我从小就不怕
我是我 懂
其实我一直以为没有表
谁在享受孤

＊124

让你难过的事情，

有一天，

你一定会笑着说出来。

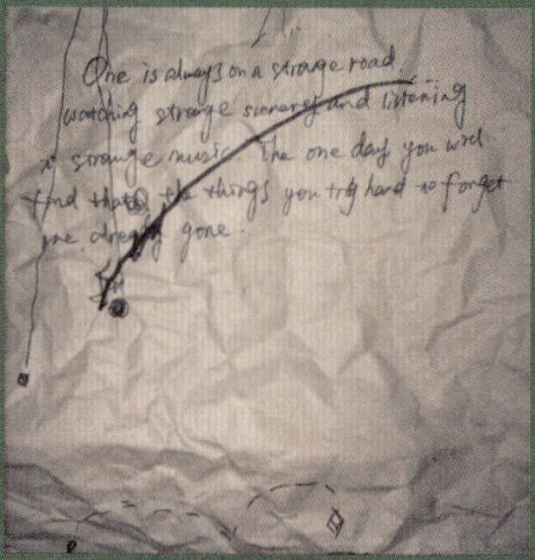

One is always on a strange road
watching strange scenery and listening
to strange music. The one day you will
find that the things you try hard to forget
are already gone.

ADAME SCHRÖDINGER'S CAT
HRÖDINGER WONDERS IF HER MISSING CAT IS OR IS NC

＊125

人生最大的缺点是不能重来，
但最大的优点，
就是不用重来。

＊126

一个人只要知道自己为什么而活，
就能忍受任何形式的生活。

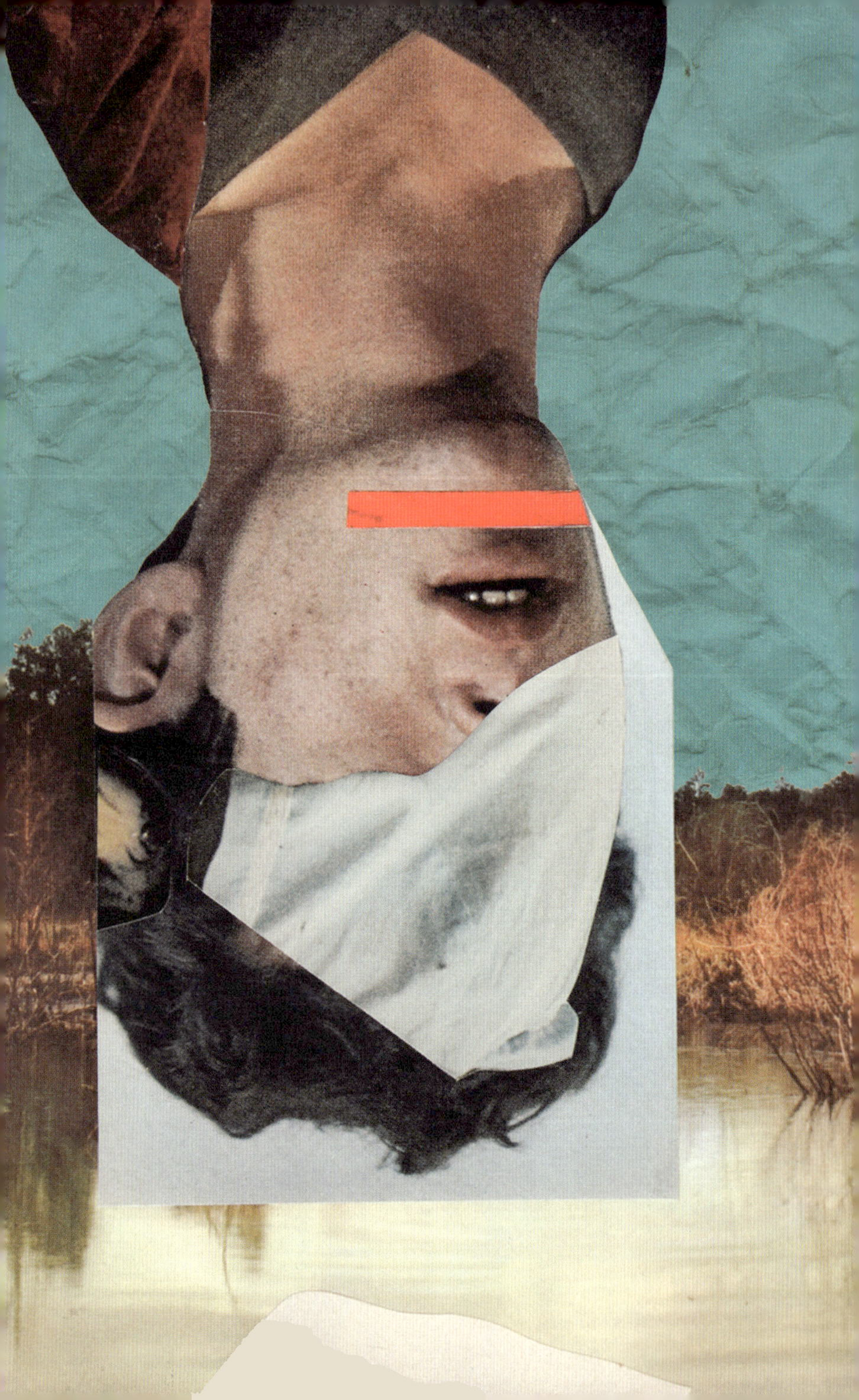

第三章

这世上让你觉得的片刻温暖

Chapter 03

Midnight Cure

永远不要把人生的时光浪费在讨厌的人或事情上。

这一生拿来做喜欢的事、疼你爱的人都还不够用，哪来的闲工夫去为一些无聊的不愉快让心受苦呢？

Reply/ Recycle

Recover / React / Refresh.

Renew / Rehearsal.

Recreative

Representative.

***127**

承诺这东西，
太不值钱，
上下牙一碰的事，
没成本，
听听罢了。
入耳过，
别上心，
否则你会很受伤。

*128

从来没有料想过梦想彻底照进现实的那一天，
有时候甚至觉得发生的一切都不过是一场虚无梦境。
我们通常选择困在自己的梦里，
不断给予自己美好的遐想聊以自慰，
不愿醒来，
只是心底还在为凉薄的真实世界而存有涟漪。
总以为会有人来踏破你的梦，
帮你挣脱，
但你却持续地沉溺，
囿于那空洞的不真实的乌托邦。

*129

世界原本就不属于你，

根本谈不上放下，

要放下的只有那些无谓的执念。

万物皆可为你所有，

但并非你所有。

⋆130

沉默是金，在爱情中也可以验证。聒噪的、在众人面前表现的感情一般都不长久，充满浮躁的气味。我喜欢沉默、笃定的感情。两个人眼神交会时的笃定，就能明了对方想说明的一切，那些想说的，不想说的，都在眼神里。看得懂的人一眼便可直抵内心，看不懂的，解释也是徒劳。叽叽喳喳地向全世界宣告爱情，那是肥皂剧，是幼稚的爱情笑话。陈词滥调在爱情里是最没用的。“不论如何，情感一旦公开鲜明地表达出来，它马上就有一些虚假的东西，成了做戏与卖弄。真诚的人从不公开表达自己的情感，真正的情感总是蒙了一层面纱。只有虚伪的人才用情感作秀，为了给大家看他们有多敏感。”

*131

如果时间如花洒下的水，

那些曾经让人牵肠挂肚的关于你爱的人的细节，

就像沾在身上的尘埃，

总能被冲刷干净。

“每个人都有属于自己的一片森林，也许我们从来不曾去过，但它一直在那里，总会在那里。迷失的人迷失了，相逢的人会再相逢。”

＊132

不去拥有反而更踏实，
我们不得不承认，
拥有就是失去的开始。

— 131
这世上让你觉得的
片刻温暖

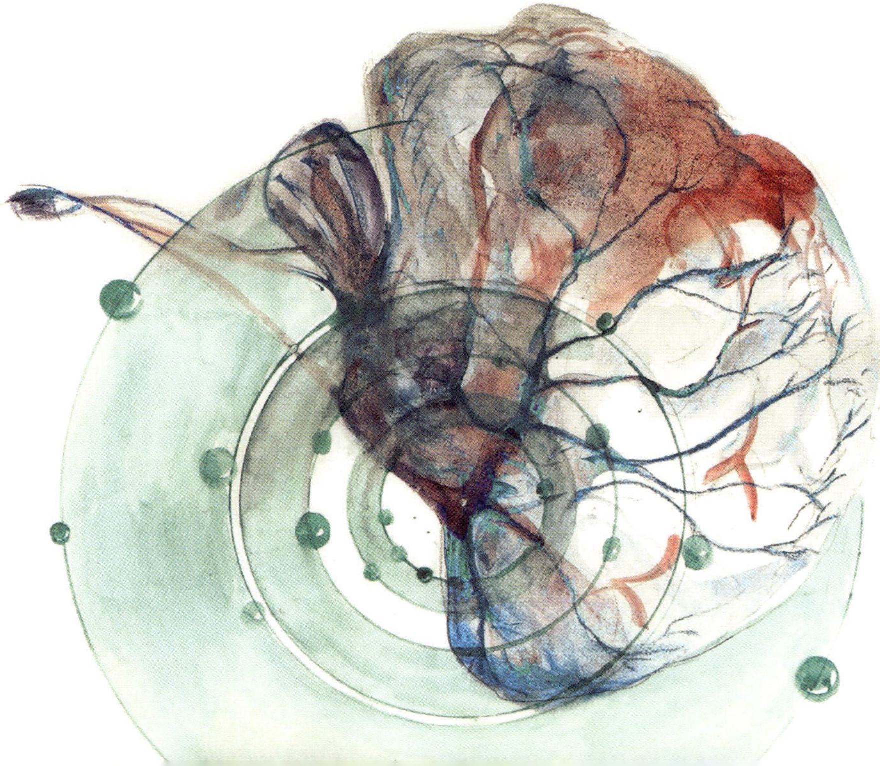

*133

青春总被定义为美好，总被人慨叹歌颂，也总被用姣好的面容、坚挺的乳房、完美的胴体、不会凋零的活力这样的形容诠释。而青春的常态却总被经历过它的人所遗忘。

或许青春的脸大都相貌平庸，那张脸上甚至充满瑕疵。大多数人的青春是黑头、粉刺和不期而遇的痘痘，也是廉价的粉底和歪斜的眼线。

或许青春的身体并不都是紧致挺拔，青春里也有松弛的肚腩，也有外扩的乳房，也有矮小瘦弱和臃肿肥胖。

或许青春并不都是在奔跑时挥汗如雨，它只是自慰后冰冷的精液，只是畏惧的眼泪。它可能更多的时间是在躲避，在尝试，而不是一直迸发活力。

或许青春没有那么多阳光养分和结伴成群，更多的是独处，是自我拉扯，是和影子孤独的对话，是被否定、被怀疑、被拒绝、被打倒。

青春总被定义为完美，但大多数人的青春却是块肮脏的橡皮，用来承载和擦去对人生剧烈变化的疑惑。我们年轻，但我们大多不完美，甚至不美好。

所以，大多数人的青春实际上早已被排斥在定义之外。被排斥的青春是所有不自信的年轻生命的祸首。

只想说，不美的、干瘪的、毫不起眼的青春，才是大多数人真正的青春。请不要羞于拥有它，从现在起带上它一起成长。

CREW ANGELA ZJY
10% 10%
→ MAKE UP
→ START SHOOTING (PREPARATIONS)
A. GESTURES
JUMP. MOTION
TWINS
B EFFECTS
Couple
大小人
2 FUNNY THINGS
CARD

＊134

如果你认定自己欣赏或喜欢一个人，会觉得对方的身上随时散发光芒，不管别人怎么认为，他的一言一行在你眼中都显得美好，你对他的赞美几乎永远用不完。这在科学上被叫作晕轮效应，这种强烈知觉的品质或特点，就像月亮形式的光环一样，向周围弥漫、扩散，从而掩盖了其他品质或特点，所以就形象地称之为光环效应。我们常常因为这种光环，盲目地去喜爱一个人，而忘记了人的复杂性和多面性。沉湎于某个人的光芒中，有时会让我们失掉方向，如果选择错了人，等有一天对方原形毕露，我们会倍感痛苦。或许在无法自拔之前先看清一个人，会有更好的结果。

＊135

曾经在多少人的身上看到未来，
在多少约定里面许下愿望，
但后来它们都被时间带走了。
其实我们不需要承诺，
也不该妄自对任何东西抱有期望，
还是把向前走的重心放在自己身上吧。
多一点认真，
就会多一些好事发生，
只要相信这点就够了。

We meet, just for fun.
We make love, just for fun.
we tried doing things.
But they wouldn't be significant
even once.

*136

“‘我不是人，是一架纯粹的机器，所以什么也无须感觉，唯有向前奔跑。’我这样告诫自己，几乎一心一意地想着这几句话，坚持了下来。倘若我认为自己是一个有血有肉的活生生的人，也许会在途中因苦痛而崩溃。我本能地悟出，唯有如此，才是存活下去的唯一出路。”村上春树写过这样一段话。可是人是感性动物啊。我自认为从小是个感性主导大半部分人生的人，若要我变成一个冷冰冰的机器，机械地、内心毫无波澜地去旋转生命的齿轮，那该有多艰涩！感性的确让我在崩溃的时候领教到双倍的痛楚，但再想，就这么感情丰沛地活着，有什么不好呢？至少我能更清晰地感受我的感受，更刻骨地记住世界的模样。或许有一天我会变成机器，但不是今天。

⋆137

我们的期待太多了，期待是欲望的延伸，每个人都翘盼着明天会获得什么。如果这期待难以实现，那我们会付出很大的代价，那就是挥之不去的焦虑。你有二十四小时的期待，就会有二十四小时的焦虑。我们一直难以安于现状，而明天的梦想却又不是那么容易企及，这成为了生活里面的主要矛盾之一。

***138**

托尔斯泰有句话几乎成为了我的信条：“可以给人带来安慰和快乐的途径只有以下三条：工作、自我教育、持续的爱。”没有工作的人，要么焦虑，要么堕落。无所事事的人生很容易让人颓废。如果我毫无才华，我宁愿当个工厂流水线上的机械工人，也不愿意闲着。人的内心是如此强烈地需要去实现自己的价值，而不想被评断为一个废人。自我教育，在我看来是把对世界的认知进行整合，从中找到自我的投射，再用自己的已建立起来的知识体系来反省自己的言行是否合理得当。这是一个极其重要的过程，我们会从自我教育中不断地进步，然后发现自身越来越完善，从而获得自信。而持续的爱，更是不言而喻的重要。我们每一天都需要爱的滋润，需要亲情、爱情、友情的包围，否则我们难以感到被需要，也难以找到依靠。这些亲近熟悉的爱是离我们最近的正面能量。如果你不快乐了，想想最近的日子，一定是少了这三条的其中一条。

***139**

和朋友聊天，总会有人分享这种感觉：每天刷微博、看朋友圈，看见很多朋友每天过得新鲜又滋润，到处享受美食、旅游。然后发现自己困在工作和生活琐事中无法抽身，觉得被限制了自由。其实我们当下所处的状况都是自己所决定的，看看你当下做的事，必定有它背后的驱动力，不要下定论那一定是被限制了自由。你每天都要学习，是因为你要长知识，否则无法运用智慧生存于世，如果连生存都成了问题，那更别谈娱乐了；你每天都要工作，是因为要赚钱，如果没有足够的费用，想出去逍遥快

活，自然囊中羞涩。你一定会有另一层的不平衡了：那为什么别人这么阔绰，想去哪儿潇洒就去哪儿潇洒？能与这个问题匹配的答案就更多了，我们一般都在“别人为什么有钱”这个点上纠缠不休，然后自怨自艾。别人之所以有钱，有可能是他们有赚钱的能力，也有可能是在花着别人的钱，还有很多其他可能，这些我们永远不用深究。这些矛盾和不平衡是永远存在的，你与其让自己困扰，还不如做好眼前的事来得实际。自由迟早会有的，就要看我们的选择和努力程度了。

*140

最近看了一场演唱会。

每次看演唱会，都会觉得世界美好得一塌糊涂。高潮的时候，人们跟着台上的歌手大合唱，胸腔中声音的共鸣与全场观众集体的内心共鸣产生妙不可言的缔结，似乎觉得陌生人之间也可以心意相通，这是一种令人起鸡皮疙瘩的兴奋与温暖感受。其实不仅仅是追星才要去演唱会，不管是朋友相约狂欢，还是恋人的约会，去听演唱会一定是个浪漫的、让关系升温的绝佳选择。我看见过全场手牵手挥舞荧光棒，也看见过男生把女友背在肩上。

或者你只是想一个人去听歌，像《她来听我的演唱会》里唱的那样，想来哭一场。或许是因为失恋，或许是因为生活让你心灰意冷，又或许只是需要借助那个氛围感叹些什么。

但我觉得这样显得太孤单了，我一定要有人陪，才会去赴一场演唱会。

不过我还没有和“恋人”这样的角色去听过演唱会。我一直在幻想着那个美好的场景：在我们都熟悉的旋律里和她十指紧扣，看见她激动得眼泛泪光，我也热泪盈眶。

＊141

可能是自己出生长大的地方没有海，所以从小就很想去海边，总觉得碧海蓝天的景象可以治愈一切悲伤。我相信即使从小在海边长大的孩子也会忍不住天天和海亲近吧。它有一种隐秘的温柔，这种力量让人无法轻易想起风起云涌时，它惊涛拍岸的残忍。我想应该有人和我一样，对于海的憧憬，在内心深处与某种对温暖感情的诉求有着紧密的联系。沿着海边踩着细沙，太需要有个人走在身边了。一起看着远方，没有尽头，但好像也能看到未来的模样——一定是温暖的、安全的、柔和的。想起大海的时候，心中会有种不可言喻的悸动，海风腥咸，是青春和热恋的味道。让人忍不住唱“原来最冲动的情节，就是和你看海”。

*142

衣柜里一件所谓的名牌也没有。

一方面是买不起，另一方面是不想买。

这里倒没有什么吃不到葡萄说葡萄酸的心理。我认为从身处主流时尚界到以服装或造型等为职业的人士，除了十分虚荣以外，其实都很才华横溢且对生活充满热情。这类人几乎都对大牌设计师的最新作品了如指掌，购置几件来穿来收藏都实属自然。另外，喜欢名牌的就是有钱人或者暴发户了，这类人在这里没有特别值得挖掘的地方。无非是钱太多或者缺乏安全感需要堆砌名牌来武装自己。这也是完全合乎情理的，毕竟他们是奢侈品的消费主力军。

我不是有钱人，所以我买不起。或许有一天我赚到很多钱，那我可能也会忍不住大买，只是可能不会太夸张地买一些金光闪闪的东西。毕竟是人嘛。不过，我想在这里讨论的是，现在，就算我积攒了一些多出来的费用，我依然不会买。对于控制这一方面的欲望，我是这样想的：随着人际关系的扩展以及自身能力的提高，社交圈一定会逐渐升级，那时与你相匹配的必定会有可观的收入。我从来不认为一个正常人会一直贫穷。这些物质获得会变成你的财富，这种财富是你生活的核心，当核心越来越紧固，你一定会有相当的安全感，这个时候，你再用此去交换那些所谓的名牌，就变得“名副其实”。我身边不乏一些富二代、富家女等朋友，常跟我抱怨钱不够花，鞋已经买了一面墙还不够。因为这时的他们并不具备“核心”，就像可以轻易捏碎的空壳，无法承受物质的重量，一旦陷入恶性循环，他们最喜欢的名牌会成为产生负面能量的罪魁祸首。

你自身的价值和你所拥有的物质需要等价。倘若没有这种平衡，一定会露出暴发户的窘态。

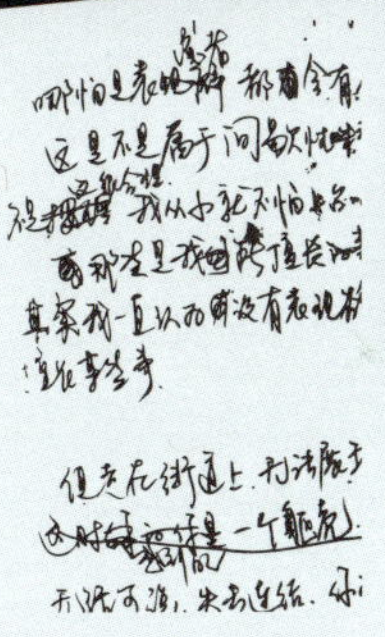
哪怕是表演着 都会有
这是不是属于间歇性
我从小就不怕
那本是我的
其实我一直认为我没有表现
但走在街道上，
是一个躯壳
无法可游，未去远结，

＊143

小时候我就被家长告知需要“圆滑”一些。原因好像是因为我性格直率，没有城府，且喜怒常形于色，容易让别人喜欢，也容易得罪别人，所以造成了我在一些人际交往上的困扰。但我没有太听进去，以至于后来我所遇到过的人，要么把我视作最值得交心的人，要么觉得我根本无法相处。这一定是因为我不够圆滑世故。

但我讨厌世故！

有人说这是愚蠢的，但这是我一如既往的偏执的坚持。我认为不用太世故，不用把件件事都看成经营，那样太累了。或许是一种对利益的懈怠吧，或许是不擅利用虚伪人情帮助自己活得更如鱼得水吧。但我会因为简单而让同样简单的情感和简单的人留驻在我身边，哪怕复杂伤我千次万次。人情是相互的，如果把世故作为一种习惯融入骨髓、渗入性格，你只能永远和世故的人打交道。当有一天，你遇见单纯的人，你会发现你满身是刺，你爱单纯，却要么伤害它，要么和它背道而驰。

假使每一辈子每一个机会，总有聪明和天真可供我选择，我还是会毫不犹豫地选择天真。

*144

感情是难以控制的，是心血来潮的。

我们早就不是保守、拘泥的人，但感情里的原则是否能丢呢？如果为了私欲让感情的边界肆意模糊，那它一定会染脏生命中其他地方。

这里我想提到一些关于克制的东西。耳闻身边总有一些介入他人情感的人，他们只是一时无聊，却让别人十载的爱情毁于一旦。当然，当事人也难逃其责，如果主动将自己的深厚感情付之一炬，无疑会背上薄情不忠的罪名。要是这段偏离轨道的感情能够有好的结果，可能会少些骂名，但介入者通常会在贪欢后突然抽离，留下烂摊子扬长而去。随意播撒情感而不顾及他人的感受所带来的伤害和尴尬是无法估量的。而且没有任何节制的情感也注定不会幸福，一旦越界，会让人囿于内疚中难以逃离。婚嫁之前的关系虽无契约，但应该把好聚好散作为最坏的打算，把专情与忠诚作为最基本的原则，才对得起在这段感情里双方的付出。

*145

表里不一，是个正常的现象。

年纪稍轻点时，遇到一些内外不一致的人，觉得这不可理喻：人们居然在生活中扮演一个不是自己的人？！但如果略微自省，就会发现自己也有很多时候在掩饰情绪。人类需要通过不同程度的伪装和隐瞒甚至谎言来掩盖一些事实，以此保护自己。这是否恰当只关乎其程度，因为严格说起来人人都会有表里不一的时候。

我遇到过很欣赏的人，但他们当中有些看起来甚至相处下来都十分不近人情，待人接物疏淡冷漠，所以我只好悻悻远离不敢多作打扰。大学时同学院有个女孩，通过社交网络的交流感觉她爱好品味独特，与我也有相似之处，于是很想和她交个朋友，但她一直都对与我交朋友这件事表现得兴致很低，见面三两句话就到达冰点，所以我也很无奈地搁浅了。但日后竟听共同的朋友提起，她出国游学为我带了一本很厚的有趣的书作为礼物，不过我没收到。后来终于我约她出来吃饭，她说书还没给我就送给别人了，我问为什么，她说因为害怕我不想与她做好朋友，怕我见怪，所以就没把书送我。

嗨，你看这事儿闹的。所以啊，很多时候，还是别太把自己包起来，遇到欣赏的或者倾慕的人，不妨大胆地表现出来，如果别人太过拒绝，那就识相地不再打扰，反正也不会少块肉。如果大胆点上去打招呼，说不定别人也觉得你很有趣，很想与你进一步认识。的确，现在很多人虽有张速冻的脸但有颗热情的心。要敢于破冰，生活才会有意思起来。

*146

有时候突然想做个特别冷酷的人，仙风道骨，我行我素。日常工作，规律的作息，不吃过多的肉类和淀粉类食物，高强度地锻炼身体，极高的克制能力。这些好像我尚未具备，所以十分向往。然后问朋友说，做个这样的人怎么样？朋友说你疯了？这样的人不是神经病就是生活不幸福，要么就是变态杀人狂。我“扑哧”笑出来。日本小说里见过好几个这样的主角，为了人物性格对比更强烈，都描写成女性，擅长杀人或折磨男性。我想想还是放弃了变得冷酷的念头，我也不需要执行什么古怪的任务。一个人冷酷，一定是因为内心的自私，而且倘若生活方式变得极度节制，朋友也会无法再亲近你。太自我的人通常会被视作无情。我觉得我之所以有了这种想变得冷酷的心理暗示，一定是某段时间我的生活细节太不规律，所以身体和大脑开始向我提出反对意见，需要我适当自控。当然，克制归克制，还是不要把欲望完全制约住吧，其实细细小小的欲望做好了整理，可以加速生活的齿轮。毕竟生活动力还是要靠它们来产生的。不食人间烟火的戏份还是留给虚拟人物吧。

*147

“人的欲望前后矛盾，瞬息万变，混乱不堪，牵着你的鼻子让你疲于奔命。对于人类来说，欲望和厌倦是两大支柱，交替出现支撑我们的人生，一切的选择都与这两样东西有关。”

通常当我们感到疲惫或迷惘时，都是因为有什么愿望没有达成，觉得失去了方向。但如果回过头去梳理一下自己的欲望清单，大幅删减掉那些不必要的、和当下自身条件不匹配的过剩的欲望，就会轻松很多。定期清理自己的欲望吧，欲望必定要指使人在生活中做出选择，这不可避免。那就在欲望指使你之前，掌握主动权，去选择是否保留某些欲望。

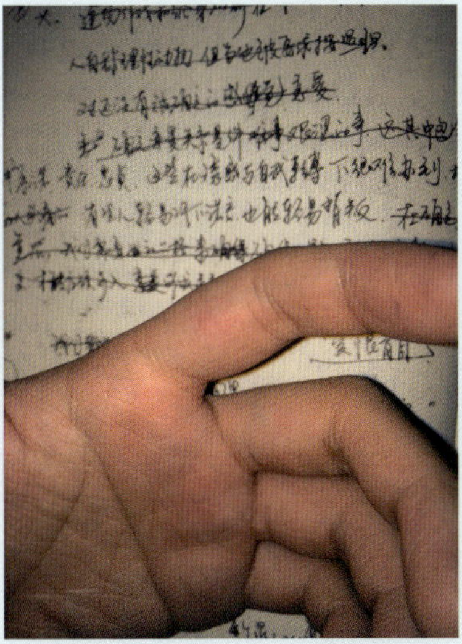

***148**

在爱的人面前，
我们永远都像个孩子。

或许有了爱，
我们才敢袒露天真，
也是因为爱着眼前的人，
才想幼稚地斗气或撒娇。
爱让人永葆天真，
是冰冷世界中人们寻求的唯一的温暖。

***149**

在网上看到有人说，不管你学的什么专业，找工作一定要找个你喜欢的，这样你每天早晨6点到晚上8点都是开心的。再找个喜欢的人在一起，这样晚上8点到早晨6点也是开心的。这么一想，还真是无比美好的生活。这一切是大多数人所梦想的，努力吧，完成好“找”工作和“找”恋人的艰巨任务。寻找的过程必定艰辛，像冬天般孤独难挨，但冬天来了春天便不远了。

***150**

狂欢，

是一群人的孤单。

这话说得一点没错。

因为比起孤身一人，

和错误的人待在一起必定使人孤独百倍。

*151

在很多场合里认识新的人，
我不是觉得对方乏味，
就是怕对方觉得我乏味。
在这种情况下，
我宁愿沉默，
那样反倒轻松不尴尬，
就算自己近来本身乏味或者当时真的感到乏味，
也可以不连累别人，
就无须觉得惴惴不安。

*152

人们拖延、懒惰，总想把棘手的问题留给未来处理，但你有没有想过，时间轴上的未来需要你自己写上去，而你在书写的时候，所谓的未来已经变成了你的当下。哪有那么多的未来在等你？未来，就是尚未来到。它并不是既定存在的，它还没有发生，只能由你自己创造。浪费现在，就是糟蹋你心中那个未来。想想吧，还有那些心中还没实现的计划，旅行、恋爱、有趣的事什么都还没实行！总想着来日方长，任何事都能拖就拖。不是大难将至，就无动于衷。当你发现你又回到碌碌无为的平庸生活，那些闪着火花的欲望和梦想早已被消磨殆尽。

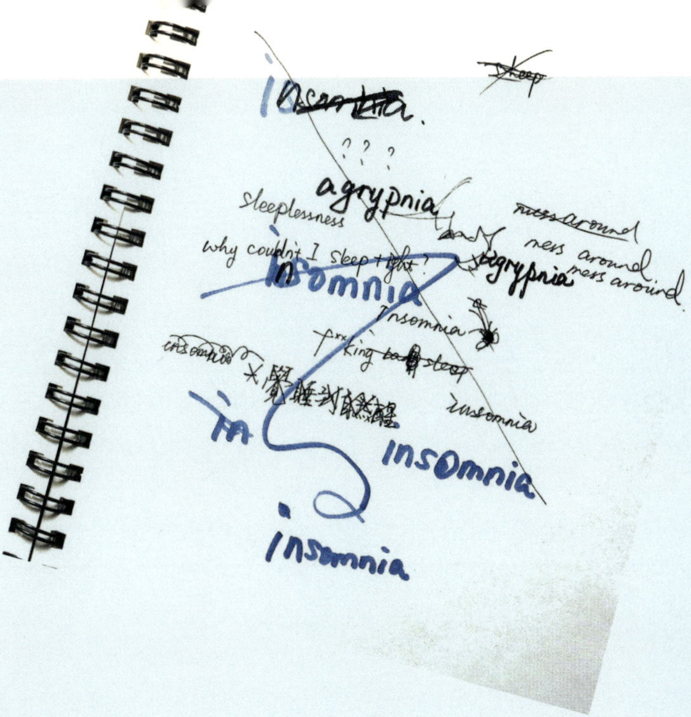

***153**

人们本末倒置地活着，对陌生人微笑，却对爱自己的人无比刻薄。不要再这样下去了，并不是说陌生人不值得你微笑，而是爱你的人更值得被珍惜。至亲、挚友，这样一辈子真正对你好的人恐怕掰着手指就能数完，而你却最爱用怒火灼烧他们的心。以至于有很多人到失去的时候才醍醐灌顶、幡然醒悟，却追悔莫及。每个人都有脾气，能为你忍下所有的人，是因为那个人心疼你胜过自己。

*154

我有很多老外朋友，他们大多性格开朗。知道我多愁善感，他们总叫我stop overthinking！是啊，感性、善良、感情用事这些本性，使像我一样的这部分人，总是过度考虑别人的感受。后来渐渐明白，这是一种对自己的不认同。你做每一件事都要先考虑别人怎么想，这时你已经放弃了自我，更何况别人通常并不领情。总活在别人的眼光里，那你便虚无如空气，存在还有多大的意义呢？

*155

永远不要把人生的时光浪费在讨厌的人或事情上。这一生拿来做喜欢的事、疼你爱的人都还不够用，哪来的闲工夫去为一些无聊的不愉快让心受苦呢？

*156

有句电影台词这样说：“没有物质的爱情只是一盘沙，都不用风吹，走两步就散了。”面包关乎生存，如果连生存都不能满足，爱情的确会变成绊脚石。如果你不是腰缠万贯的公子哥和千金小姐，最好的解决方案就是先努力，再恋爱。如果实在太想恋爱，就两人一起加倍努力。

*157

所有需要取悦的感情，
都应该重新被审视，
大多数时候它们都是错误的。
真正相爱的人，
只会变着法地表达爱情，
取悦这个动词根本没机会出现。

*158

韩松落给林青霞写过一段话：“你要等，要忍，一直要到春天过去，到灿烂平息，到雷霆把它们轻轻放过，到幸福不请自来，才笃定才坦然，才能在街头淡淡一笑。春有春的好，春天过去，有过去的好。”

这话说得细腻又实在。春光无限好，可它总会从指缝中溜走，难以留住，那些美好的浮躁在青春里闪着光，却晒不干现实这件湿漉漉的衣裳。我们必定要历经风雨，我们必定要在黑暗中等待一些时间，或许要等很久，才会有阳光穿透乌云洒进瞳孔。这有别于过去的浮光掠影，你守得住云开，才配拥有永恒的阳光。

*159

我有轻度的强迫症。很有可能因为我妈妈是处女座，潜移默化地影响了我性格中的一部分。一张纸上写错一个字，全部重来。热水洗完脸，必须用冷水拍脸三十下，诸如此类。后来我发现，这些令我在做其他事情的时候精力不足。虽然听起来都是很小的事情，但它们累积起来日复一日并没有对我的生活有什么正面的影响，却消磨着正常的思考。人们对自己的强迫症，起初觉得恐慌，先走左脚还是先走右脚的抉择占据着每次行走的开端，令我害怕。后来因为实在克服不了，就把这些作为自己的特质，有些迷人。但事实上，逐渐将它们养成习惯后，又会在某天突然觉得疲惫不堪、无力招架。科学上是怎么解释强迫症的呢？它其实属于焦虑障碍的一种类型，特点是有意识的强迫与反强迫并存。一些毫无意义、甚至违背自己意愿的想法或冲动反反复复侵入强迫症患者的日常生活。我们会体验到这些荒谬的思维和行为都来源于自身，极力抵抗，但始终无法控制，两者强烈的冲突使人感到巨大的焦虑和痛苦，会影响学习、工作、人际交往甚至生活起居。

强迫症的病因很复杂，应该没有一个定论。我曾经请教过心理老师，她帮我分析了当时的心理状况。她说有强迫症的人本身就有强迫型的人格，当然这来自一些学习、工作、生活、人际关系上的挫折。如果事事都谨小慎微、责任感过强、希望凡事都尽善尽美，那在处理不良的生活实践时一定会缺乏弹性、难以适应。于是内心所经历的矛盾、焦虑最后只能通过强迫症的症状表现出来。

其实想要治好强迫症，我觉得还是要靠自己。我后来尝试让自己转移注意力，当强迫的冲动出现时，立马起身去做些其他有意义的事。不要过分苛求自己，生活处事都应该更具弹性，用沟通来舒缓情绪。

给大家分享几条心理医生所给出的强迫症表现，自我筛查一下吧。

你是否过度怕脏、怕细菌或怕化学物质？

你是否有愚蠢的、肮脏的或可怕的不必要的念头、想法或冲动？

你是否担忧自己会做出或说出自己并不想做的攻击性行为或攻击性语言？

你是否总是担忧因忘记某些重要的事情，如房门没有锁、阀门没有关而出事？

你是否有什么事必须重复做，或者有什么想法必须反复想才能获得轻松？

你是否总是担忧自己会丢失重要的东西？

你是否会过度洗澡或过度洗东西？

你是否做一件事必须重复检查多次方可放心？

你是否因为担忧自己会攻击伤害别人而刻意回避某些场合或个人？

你是否保留了许多你认为不能扔掉的没有用的东西？

如果上述症状有一条或一条以上持续困扰着你的生活，那就是强迫症不同程度的表现了。学会用合理的方式解决它吧，实在不行就问问心理医生，让心理活动重新健康起来！

*160

很小的时候，就有离群独居的念头，甚至有逃离现实的倾向。世界上一定不乏这样的人，渴望流浪，但却总是听闻流浪的人思乡。或许自由真的不是人类最终需要的东西！我们以为自己生来孤独，死也不带走任何物品，但当我们降临于世，便注定产生眷恋，我们之于别人，别人之于我们。自由只能被看作人生路上某一阶段所追求的、想要体味的过程，但人始终迷恋归宿。如果现在的你太过于放浪形骸，别忘了有一天回头，归巢。

*161

成熟的重要标志，
不是学会表达，
而是学会“咽下”。
要隐忍、沉默、不卑不亢。
我们终将平视前方，
平静地行走，
平静地生活。

*162

都说巨蟹座很念旧，也容易为旧爱回头。我却认为不尽然。虽然我没谈过几次恋爱，但分手后从来不会回头。可以做朋友，但如果当旧情人再来挑逗，我必定会拉黑。不管什么星座，总有些人，似乎很喜欢和旧情人拉扯，滋长出一些不伦不类的关系。这种关系光是想想我就头痛欲裂，更别说去维持。和刚认识的人暧昧，有一种甜蜜的趣味，和旧情人剪不断理还乱，简直是为自己平添负担。回头，本身就是负面的情感体现，代表你在感情里犹豫不决，也没有责任感可言，当然不包括两人都真心地想要重新开始，那代表缘分未尽，旧情当然会自动复燃。如果只是单纯想倒回去，把对方当个暖床工具或出行伴侣，却不付出真心，这未免太没有原则。都说好马不吃回头草，这话说得一点没错。草原一大片，请不要模仿牛羊反刍，那一点都不优雅。

*163

刚买的手机，

如果磕着碰着，

心疼得不行，

但过了一段时间，

便没什么感觉了，

摔出几米远捡回来擦都不擦一下就揣回兜里。

人们总是在最初的时候对一样东西怀抱热情，

但一定是越来越不珍惜。

如果不悉心爱护，

东西一定会变坏。

爱情、友情都是这样，

不能让伤害累积，

直到它支离破碎。

***164**

萧伯纳说：“人生有两大悲剧，一是没有得到你心爱的东西，二是得到了你心爱的东西。”

没有得到的时候，你抓心挠肺，寝食难安，深陷追求的痛苦中。因为心里始终放不下，时而想方设法想要得到，时而灰心绝望想要放弃，在前进与退缩之间纠结，与自己长时间斡旋。但当你如愿以偿得到了，你会发现开心的感觉竟然如此短暂，更多的时间你又陷入了不安惶恐。你患得患失，觉得根本抓不住你心爱的东西，下一秒就要饱尝失去的痛楚。这样的悲剧似乎不可避免，世界上绝非只有你一个人经历过或正在经历这种困窘。像有首歌里所唱的，得不到的永远在骚动，被偏爱的都有恃无恐。这种悲剧，源于你的热爱，但对方却不一定受用，这就是上天对饮食男女的捉弄，感情本来就不是能轻易拥有的东西，它甚至最让人感到不安。有时候，失去反而比拥有更踏实。

*165

现在认识我的人都知道我是个瘦子，但以前认识我的人更知道我是个胖子。

事情是这样的。

我小时候就不爱吃饭，非常瘦小。我从小跟爷爷奶奶长大，奶奶做的东西非常好吃，但不知道怎么回事，小时候持续的食欲不振让每天需要喂食我的奶奶异常头疼，喂饭时我要和她上演各种穿林海跨雪原的戏码，十分钟吃一口，战斗持续整整一晚。这种恶战一直持续到小学三年级。我跟随奶奶去了广东探亲戚。从此命运发生了天翻地覆的变化，不知道是两地口味改变还是什么原因，回到家后我食欲激长，几乎天天暴饮暴食。奶奶看了喜出望外，每天给我做满汉全席，我埋头于美食的海洋无暇管其他事情。差不多过了两个月，再照镜子，我忍不住问镜子里的人，大哥，你哪位啊？因为我已经从一个清瘦的小孩子变成了一个小胖子。那时候正是审美的形成期，加上胖得令同学震撼惊呼，我的自尊心受到很大伤害，但我依旧忍不住天天大吃大喝，于是越来越胖。奶奶从开始愁我不吃饭变成了愁我太爱吃饭，说："你能不要再吃了吗？"我曾为此气急败坏地大哭，把肥胖的责任归咎于奶奶，大喊："让我吃的也是你，不让我吃的也是你，你到底要我怎样？"然后又继续埋头大吃。

于是我从小学四年级坚强地胖到高中一年级。其间我得到了很多一半谐趣一半揶揄性的绰号，像什么胖弟、肥熊等等，实在刺耳。胖，让我错过了很多美好的事情。爱美之心人皆有之，到了高中，注重外表的人更是越来越多，我突然意识到，我不能再让肥胖作为一个特质一直伴随着我了！于是我开始了减肥计划（之前六年尝试过各种方法，均半途而废）。这一次，我感受到自己的决心非常大，很可能是青春期对一个轻盈健康的身体的内在向往或是强烈的虚荣心驱使着我，我开始近乎疯狂地运动与节食。不爱运动的我每天都要做很多有氧运动，然后拒绝吃一切淀粉类食物，油炸食品、甜食、夜宵等更是视而不见，这样孤独地坚持了不到一年，我瘦了三十斤，成了一个不折不扣的瘦人。高一升高二那个假期，我还得了一次水痘，虽然苦不堪言，却助我在减肥事业上进行最后的冲刺，因为水痘期间只能吃一些极清淡的流食，于是狂脱水，又瘦了数斤。等这个假期结束回到学校里，大家都跌破眼镜惊呼大变活人，人一瘦，脸自然也会变得清晰好看，那种感觉真是爽。我觉得自己走路都带着风。由于饮食习惯的改变，就算后来吃得比较多，也很难再胖起来了。到现在，每当我跟别人提到自己以前曾六年被叫胖子时，几乎都让人难以置信。

作为一个减肥成功者，关于大家对减肥的困惑，我给出的建议依然是老生常谈——少吃多动。但前提条件就是强大的意志力。没有意志力，不光是减肥，还有什么事情能做好呢？

⋆166

很多时候你觉得别人疏远了你，
其实很可能是你早在之前营造出的距离感所致。
人与人之间的感觉敏感、相互，
如果不希望被疏离，就主动去靠近。

***167**

曾经一段时间我有极严重的精神和行为洁癖，认为自己既然喜欢安静，喜欢看书、听古典音乐，那就应该坚持到底，然后就不再看美剧，不再听流行歌曲，也不出去玩，过了没多久，就觉得生活变得枯燥难耐。这种刻意的伪修行，其实是一种自我封闭和极端的自我强迫。优雅的东西的确可以变为生活中主要的习惯，比如吃健康的东西，坚持做运动，看有裨益的书籍，但人是拥有弹性的，一定需要偶尔适度的放纵，喝喝啤酒，吃点垃圾食品，这是道德的。如果一直活得那么刻意，反倒让人受累，那还不如做个随性的人。完美的生活，一定要像一部好的文艺作品，雅俗共赏。在选择中找到微妙的平衡，才能活得舒畅自在。

第四章

生活这出戏
最美妙的细节

Chapter 04

Midnight Cure

大隐隐于市，如果你在面对熙熙攘攘逆流的人群时，依然能平淡地往前走，

那说明你真正拥有一颗静谧的心。

*168

所有经过你思想的人或事物都是你内在的投射，就像镜子一样地反映你的内在。当外界有什么东西触动了你，一定要往内看，即自我反省。看看自己哪个旧伤又被触碰了，看看自己还有什么阴影尚未走出来，从内在层面进行一次自我的整理和涤荡，调整好后，重新看世界。不要浪费能量在外界那些我们不可改变的东西上，调整好自己，世界也会变好。世界是唯物的，你却可以适当用唯心的方式进行良好的自我调节。

*169

恋爱中的男女总是时而甜甜蜜蜜，时而又吵吵嚷嚷。吵架的原因不外乎就是抱怨对方从来不为自己考虑，也从来不站在自己的角度想问题。的确，如果每个人都能真正地学习一下换位思考，深思熟虑后再决定自己什么话该说，什么话不该说，不知道可以避免多少没必要的争吵。有时候人际关系中，用逆向思维作为手段，是一种真正的聪明。

*170

内心没有方向的人，到哪里都是逃离。自己要往哪条路走，这取决于你内心到底指向何处。而是否能到达彼岸，用什么样的方式到达，这要看你的决心。人的迷失是因为不够清醒，这无可厚非，但如果长此以往地沉沦于逃避，那注定会被一切抛弃。好好问问自己，到底想要的是什么，时间和努力会帮助你找到方向。方向这种东西就像块毛玻璃，只要笃定，一定能把它磨擦到透明。

＊171

我周围尽是热爱文艺的人，有玩音乐的，有拍电影的，有做时装的，有画画的。文艺像个情妇，她神秘野性，魅力无穷，难以驯服。你想把她调教成你的娇妻对你服服帖帖、唯命是从，完全是妄想。很多人爱文艺玩艺术，最终放弃、逃离，与其背道而驰，把自己玩得又穷又邋遢，迷失自我。她金贵得很，消耗着你，也能轻而易举地毁灭你的梦想，但她始终美得让人窒息。贫穷的艺术家们，其实始终在文艺与生活之间纠结，热爱着文艺却缺乏最起码的生存手段。上大学时出于无奈选择了自己并不喜欢的专业，想要彻底脱离束缚去纯粹地追求艺术，但其实早已背上了各种期望与包袱，举步维艰，进退两难。于是很多人干脆任由自己打着文艺的幌子堕落颓废，像王家卫在《阿飞正传》中刻画的阿飞那样，以寻找生母作为借口，放浪形骸，游戏人生，最终囿于生活本身。

如果没有足够的天赋和运气，我们真的要慎重，把文艺作为安身立命的手段极其不现实。醉生梦死将直接导致惨烈的人生。

同样也有很多非常成功的作家、艺术家，他们或许是凤毛麟角的那部分天才，凭由幸运的浪潮贵人的金手把他们推至现在的位置，但当中更多的是本身已经能够谋生，在不愁吃穿的稳定前提下，家底丰厚，也有相关背景，才有胆子把文艺玩出个样子。他们已经能在商业与艺术间如鱼得水地找到平衡点，你嫉妒地发现，文艺居然臣服了！

你还在被窝里幻想是金子总会发光？醒醒吧，现

在这个社会的艺术市场乌云密布，哪里还有缝隙让你发光？除非你够幸运，但如果你孤注一掷指望幸运，那你先看看自己是不是金子，很有可能你不是。父母养你不容易，不靠父母吧，你又做不到。

生活残酷至极，文艺作为爱好能陶冶情操，但它和大多数人的谋生无关。有人说，宁愿要以后富裕的半文艺，也不要落魄的全文艺。一点儿没错。

*172

大学二年级的假期，因为英文不错，又闲着没事，就参加了一个社会团体的交换学习项目。是去菲律宾某地的一个语言学校，体验一些不同的英文教学和进行助教工作。

经过周折到了那里后，立刻后悔了，除了旅游景区和一些大型商场，学校附近简直又穷又破。我的心瞬间凉了一半，再加之旅途的疲惫，更是几乎跌到谷底。但我万万没想到的是，学校的教职工都非常友善。一路上我都担惊受怕，在这种局势不太稳定的国度，生怕遭到坑蒙拐骗。但当受到非常友好热情的对待时，心情又被点亮了。每天除了教学的任务外，课后就和新朋友到处去玩，周末就去附近一个叫薄荷岛的地方潜水、游泳。日子轻松惬意也不乏充实。新朋友当中有个老师叫April，和我非常聊得来，是个很成熟睿智的女子。我帮她减轻了一些教学负担，我们成了很好的朋友，每天都会交流很多想法、分享心事，互相鼓励。她还带我去了很多当地有趣的集市和景色漂亮的小地方，感受风俗人情。那段时间我过得非常快乐，日子简单美好。我自己一个

来 自 深 夜 物 语

打开微信“扫一扫”，
加轰叔为好友。

打开微信“扫一扫”，
了解更多精油秘密。

人，在那边没有什么资源可以借用来表示谢意，只有很俗气地请她和朋友们吃饭。每次饭后大家开心地聊天，他们都要说很多很多次谢谢。

分别的时候，学校办了个小型的“毕业典礼”。April给我写了一封很长的信，用精美的相框装裱起来，她还特别上台致辞，讲了很多赞美我的话。老师们纷纷给我送上纪念品作礼物。当时眼泪就忍不住夺眶而出。这种单纯的打动，长这么大也没遇见过几次。我在典礼上哭得像个花猫。

后来回国，每当在人际关系上受挫时，我都会看看那些美丽的东西。像April这样的小城市女孩，她们的生活没有太多物质，于是她们很简单地把感情放在了第一位。这或许是在冰冷的大城市里难以寻觅的。简单地在乎对方，把好的感情、温暖的鼓励慷慨地赠予朋友，就是让她们快乐的事。像孩子一样地天真，向往美好的生活，她们每天过得知足、踏实，懂得感恩。

我甚至觉得连自己也越来越缺少这样一些可贵的特质了。人们只注重利益，只保护自己，连经营一段关系都需要纵横捭阖机关算尽。很多所谓的朋友貌合神离，各自怀揣秘密心怀鬼胎，哪里还知道“真”字怎么写。无论电影、电视剧怎么宣扬真善美，人们还是置若罔闻，每个人都遍体鳞伤，然后变得冷漠，变得刀枪不入。或许环境促使人们必须这样，或许这是一种无奈吧。

无论如何，以后都想过着一种返璞归真的生活，不为人情所困所伤。穿越被黑暗人心充斥的地带，去一个单纯美好的乌托邦，永远快乐地生活在那里。

***173**

大隐隐于市，如果你在面对熙熙攘攘逆流的人群时，依然能平淡地往前走，那说明你真正拥有一颗静谧的心。

*174

爱情这东西，注定要充满遗憾。但正是这种残缺和不完美教会我们坦然地去接受这其中的无常，也渐渐学会无求。把太多希望寄托在对方身上，难免会失望。真正地爱一个人，或许就是要无求，索要后能得到的爱情总是太少了。只要看到对方快乐，你便能快乐起来，爱情在这种状态下同样是动人的。

*175

相逢只是断萍流水，
没有下一次。
人生匆匆，
相逢是上苍赐予，
但缘分是否能被把握，
在于我们自己。
缘起于天，
缘灭于己。

*176

人的贪婪在两个人相处时被看得一清二楚。
开始时一件小事都能带来极大的感动，
但到后来却欲壑难填，
无论对方怎么讨好都不肯再感动了，
又或者是古怪的人又给自己套上了厌倦的牛皮纸袋，密不漏风，
不再接受对方的付出。

* 177

无数人在乐此不疲地让自己痛苦，
为什么不痛下决心让自己快乐？

＊178

不知道从什么时候起，到处都是铺天盖地的星座占卜、星座爱情说等等，人们半信半疑地关注着星座学对人性格的界定。在占星领域，星座指黄道带上划分的十二个均等区域。西方占星迷信认为天象依“上行、下效”原则反映、支配着人类活动，因此十二星座代表了十二个基本人格形态或感情特质。这种迷信试图用人的出生地、出生时间和天体的位置来解释人的性格和命运。科学家说这本身是一种缺乏客观科学依据的西方原始古老的迷信。

但其实我倒是挺愿意相信星座这回事儿的。人的性格一言难尽！各个学科领域靠四种气质类型、十六种人格等等科学方法来分析人的性格，但那些都过于晦涩，难以贯通到现实中来。星座之所以受欢迎，还是因为我们想用更为轻松的方式去面对自我和别人的复杂。星座给爱情、交友增添了很多乐趣，说真的，不知道是不是对号入座，越来越多的人都在表现出和他们星座相符的性格特征。比如我自己，巨蟹座，重感情，十分敏感，看似强势，却缺乏安全感。还挺准的。

没事的时候黑黑处女座，黑黑天蝎座，也可以为无聊的生活解乏嘛，不必全都不信。现在我每周都会看看星座运势分析，选择性地看，用写得好的来鼓励自己。

*179

生活里的细节是多么迷人啊，永恒靠片刻组成。身边微小的风景，人们脸上丰富的表情，都是生活这出戏最美妙的情节。

*180

你该不该欣赏自己？这是一个很严肃的问题。如果你懂得自我保护，懂得自省自责，懂得自我催眠，那为什么不花更多的时间欣赏自己？人把自己作为一切的参照物，为人处事的出发点也是我们自己，那就多欣赏自己吧，这样你才能真正学会欣赏除你之外的别的东西。

*181

在非常合适的时机表现，的确会有花朵突然绽放的惊艳。人也罢，花草和其他生物也罢，凡是过度地想表现自己，就会使观众扫兴，减弱了他本来所具有的魅力。日本作家渡边淳一也说过："不隐秘不能成为花。那么不仅是花，人的容貌、艺术、才能也是如此，堂而皇之表露在外面，强烈地表现自己，那就不能称为'花'了。"如果不想昙花一现，或者根本不开花，还得学会韬光养晦、厚积薄发才是。

*182

之前我因为某件事情在气头上，有个朋友不知情来催促我另一件事情，这下可撞在我的热枪口上了。我怒不可遏地把他拉黑。我起初觉得是自己个性刚烈，不考虑我感受的人必定不是朋友。

时间可以冲淡愤怒，后来才觉得自己太过冲动，当时我自己也是对事不对人，并没有必要发这么大的火，更何况人家并不知情。后来身边也有人帮我指出了这个毛病就是典型的迁怒，加罪于无辜的人身上。这是一种自控能力差的表现，我之后还是厚着脸皮把那个朋友加回来了，表面上冰释前嫌，但实际上都知道彼此的关系已经不可能如从前。所以一定要控制自己的情绪，一码事归一码事，千万不要伤及无辜。

*183

东野圭吾在《白夜行》中写道：“我的天空里没有太阳，总是黑夜，但并不暗，因为有东西代替了太阳。虽然没有太阳那么明亮。但对我来说已经足够，凭借着这份光，我便能把黑夜当成白天。我从来就没有太阳，所以不怕失去。”

这世上有多少人一出生就拥有太阳呢？这太阳或许是爱，或许是信仰。这样抽象的东西，泛滥而匮乏。有人毫不在乎，有人求之不得。但我相信，最终人都是渴望自己的天空能悬挂着炙热的太阳的，因为生命总有寒冬。渴求它的人，一旦见了光，不管它是否刺眼，都要飞蛾扑火般地冲上去拥抱它。这阳光，或来自某人的心。“这世界上有两种东西不可直视，一是太阳，二是人心。”

*184

日子不能每天都过得轰轰烈烈，
生活中难以发展出这么多狗血情节，
就算真让你过上了这种生活，
你也终会叫苦不迭。
平淡是真，
逛逛街也会感觉幸福的人，
才真正接受了生活的常态，
也明白了过日子的真谛。

词汇 ⇒ 白+绿 / 暗冷

动作 颓废

twist.
decadent

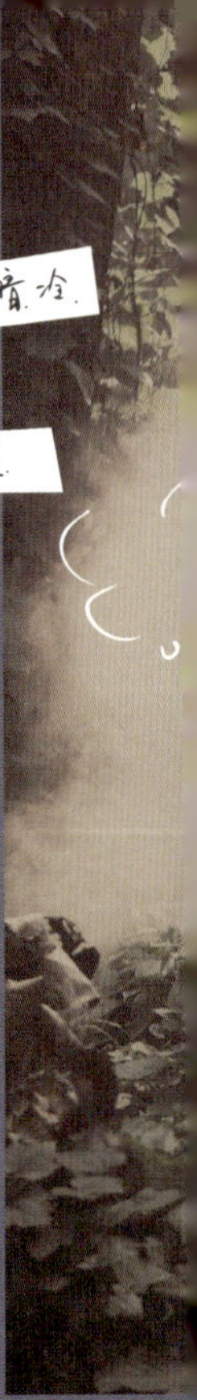

*185

走在路上，从一个路人的身上传来收音机播放广播的声音。定睛一看，是个老人。我走在离他不远的地方，仔细听了收音机播放的声音，内容并不是时下的新闻，显然播放的是一盒老带子。他很念旧。

这时候的我快步走着，心里也快速地泛起五味陈杂的涟漪。当人老去的时候，时光已经在他们的脸上刻下道道褶痕，有时候也会带走回忆，需要凭借一些东西才能帮助人唤起记忆，重温年轻的日子。一卷卡带播完终止时，好像发出了时光断裂的声音，成为了永远的回声。这是每个人必经的遗憾和无奈，是自然残酷的法则。但他至少有所留恋，不是吗？沧海桑田，不应该只有一种苍白的颜色。懂得回忆，有所留恋的人是幸福的，岁月在他心里安然停驻，他永远有属于自己的韶光。

*186

二十世纪九十年代，晚上想要看部电影、电视剧来消磨睡前时光，得要去专门租碟的小店。通常都是街角的一间小屋里，四面墙全是各种各样的碟片。如果有需要的话，还要站到梯子上去翻看上面的。最后抱着一堆碟，心满意足地回家开始看。现在人的满足阈值变得很高，需要越来越快的网速才满意，满足的点早已不在于寻找片子时那种特有的探索感。哪样的生活更好呢？快且复杂，慢而实在？我们得到侥幸，失去人生，眼睛里的画面也难以绚丽，满目苍白。

＊187

在报纸上看到国外的某摄影师找到八十多名不同阶层、职业、年龄的女性，

让她们脱去上衣，

在纽约街头拍摄。

很多志愿者在拍摄过程中的确产生了不同程度的情绪波动，

害羞或不安都有，

但在拍摄完成后，

都感到快乐而坦然。

其实每个人能够接受自己的独特与不完美，

也就是接受了自己，

这是跨越了内心的很大一步，

这对建立自信非常重要。

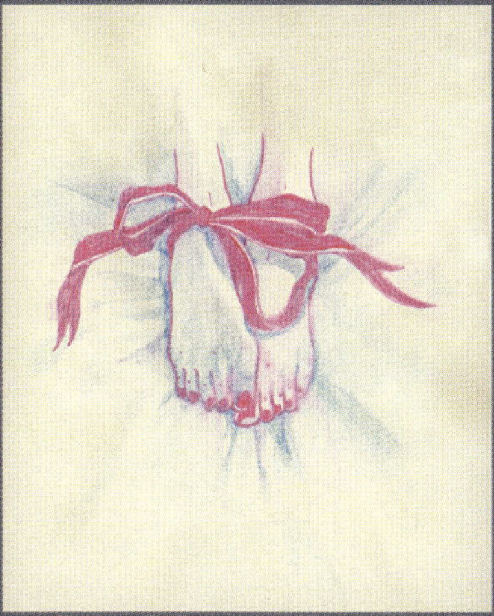

*188

我有一个可怕而又偏执的习惯。一双鞋如果合脚，我会一年四季天天穿，直到它破烂为止。

或许是我的不安感让我形成了这样的习惯吧。如果鞋不合脚，我会全身难受，如果穿错了鞋，我会举步维艰。而有些东西，如果它跟随着我，尽管它破旧，失去好看的样子，我也会依赖它。

习惯掩饰我们的不安，所以我们才会抱着这么多来自内心的芜杂难以割舍。

*189

很多事情如果你刻意为之，反倒无法取得想要的结果。很多成功的演员并不是科班出身，他们总提到几点：不要上表演课，不要提前背太多台词，不要端着演员的架子害怕自己出丑。很多剑走偏锋的人成功了，他们同样非常努力，只是没有太刻意去给自己定型，才能自在地挥洒才华，得到自己想要的。

*190

爱情里有很多矛盾，其中极大的讽刺之一就是，当你越不喜欢一个人，你越能够轻而易举吸引对方，根本无须动用信心。阿兰·德波顿说，强烈的欲望使人丧失了爱情游戏中必不可少的一种漫不经心，你如被人吸引，就会产生自卑情结，因为我们总是把最完美的品质赋予我们深爱的人。

*191

如果你没有准备，当爱情中的人变化时，你会猝不及防、难以承受。他们是会变化的，如果你想要细水长流地与爱人相处下去，你需要适应这种变化。我们在开始都觉得爱情是个冒险的过程，所以我们才让自己在爱情里受了这么多的伤害。香港著名的作词人林夕在接受某杂志采访的时候说道，两个人维持一段关系，要有一个平衡，要懂得关系中的进退，两个人也需要同步成长。一个人坚持站在原地，没有跟随两个人的关系慢慢进步，对方就肯定在关系中走掉了。

对爱情，我们要把握，更要有勇气承担失去。其实，失去一段爱情，并不会严重到改变我们的整个人生。这时候在爱情里，你似乎有了软肋，也似乎有了铠甲。是的，当你不再害怕离散时，你就拥有了真正的自在。

*192

当我们在辛苦工作后，饱餐一顿，或在晚上与恋人依偎着，看一部浪漫的电影，或是和朋友相约，制订一个不错的度假计划并为此感到激动期待……这些点点滴滴的放松与成就感，都是正面的幸福。但那种恶性竞争后获得的成绩，以及建立在别人痛苦上的快乐，都是不好的“幸福”。长此以往，会引发负罪感，积累一些难以消除的尴尬。

我们都知道，中国传统文化引导人们因知足而感到幸福，但西方国家的开放则将他们的幸福观导向不寻常、刺激、冒险。但对于幸福感，若我们的追求和自己所处情况中的价值观念相差太远，也会招致不幸福。

在某篇评论中看到学者说，生活应该追求个体价值，和他人建立深厚良好的关系，付出和接受彼此。幸福极可能在这个长期的过程中伴随出现。如果你为了愉悦而去刻意追求，你很难感到幸福。

*193

我们这一代人有种鲜明的恐惧就是害怕错过。我们惶恐不安，生怕自己错过了美妙的party，错过了更好的机会、更好的另一半。事实是每秒钟都有无数人在错过无数事情，你的担忧是每个人的担忧，但总有人把它夸大。如果你不想错过更多，那就请克服自己的不安。活在当下，专注于我们手中的事情，能把它做好，你就多把握了一件事情。

*194

在杂志上看到，纽约大学某社会学家做了一份“大学社交生活在线调查”，有2.4万名大学生参与。其中一组调查数据显示：第一次勾搭发生一夜情的性关系时，只有11%的女性和31%的男性得到性高潮；如果性爱对象不变的话，第四次发生性关系时，33%的女性和64%的男性得到性高潮；而在以爱情为基础的稳定的性关系中，会有68%的女性和85%的男性得到性高潮。

这组数据有力地说明了什么，不言而喻了。

*195

爱丽丝·门罗说，爱情原来很像我们观看的一场烟花。它绽放的瞬间，充满勇气的灼热和即将幻灭前的绚烂。我们看着它，想着自己的心里原来有这么多激情。然后烟花幻灭了，夜空沉寂了，我们也就回家了。

像《倾城》中唱的那样：“传说中痴心的眼泪会倾城，霓虹熄了，世界渐冷清，烟花会谢，笙歌会停，显得这故事尾声更动听。”烟花终会冷，但它终究绚烂过，这才是我们要的答案。

*196

廖一梅在《悲观主义的花朵》中有一段话："不安感是我人生的支柱，一切事情的因由。为了消除这种不安，我拼尽了所有的力气。年轻时放纵的日子，寻根溯源也是来源于此。我寻找刺激和不同的状态，是因为我害怕我的生命空空落落，唯恐错过了什么，唯恐那边有更好的景致，更可口的菜肴，更迷人的爱情，更纯粹的人生，于是便怎么也不肯停下脚步，匆匆扔了手边的一切向前急奔而去。后来我才知道，没有更好的东西了。这里没有，那里也没有。我什么都明白，但是我抵挡不了那种不安，不安把我变成一个傻瓜，出乖现丑，做尽蠢事。即使在幸福中我也是不安的，因为幸福终将改变。保持不变不是宇宙的规律。"

这话对于年轻人或许是太具悲观主义的色彩了。年轻的时候，欲望总是把眼前的地板铺满，而所做的都不切实际，所想的都飘落天外。但时间的确是会带走我们的不安的，不安被带走，浮躁被带走，这正是人生被注定注入悲观主义的过程。这并不会让我们绝望，只是教我们学会自己碾碎浪漫的梦想。

*197

没有哲学家推崇悲苦。一直以来，智慧的生活总是与努力减轻苦难、焦虑、绝望、愤怒、自轻和痛心相联系的。

*198

古希腊有位哲学家叫伊壁鸠鲁，他认为快乐为善，痛苦为恶，在艰苦自律的哲学家同行中是个异类。他曾写道：“如果我把口腹之乐、性爱之欢、悦耳之娱、见窈窕倩影而柔情荡漾，一概摈弃，那我将无法设想善为何物。”他的哲学最与众不同的地方就是强调感官的快乐：“快乐是幸福生活的起点和目标。”

*199

有哲学家列过一张快乐的需求清单：

1.茅屋一间。

2.可以作乐的好朋友。

3.避免有上级、受恩赐、钩心斗角。

4.思想。

5.像贝利尼的《圣母像》中的转世肉身，忧伤的表情掩盖不住冷面幽默和自然流露的天性，身穿普通商店中模特身上的时装。

快乐得之不易，不过障碍不在金钱方面。

*200

希腊哲学家皮朗有一次乘船旅行遇到了大风暴。所有的乘客都惊慌失措，害怕那脆弱的船不堪汹涌怒潮一击。只有一名乘客没有失态，静静地坐在一角，表情泰然自若。那是一头猪。理性带给我们的不仅仅是理性，还有恐惧，并常常让人痛不欲生，有时候还不如丢掉理性去学学猪的淡定。

***201**

人最需要摆脱的是期望。曾经在失恋的时候，听说幸福本身就不是题中之义，这反而鼓舞了我。叔本华这位阴暗的思想家从反面鼓舞过我，他说，人唯一的先天的错误就是认为我们是生而为追求幸福的，只要我们坚持这一先天的错误，世界在我们看来就是充满了矛盾。因为每走一步，无论大小，我们必然会体验到这个世界和人生决不是为维持幸福生活而安排的，因是之故，几乎每一个年长的人脸上都挂着一种叫作失望的表情。

在爱情方面，其实只要我们坠入情网时抱着正确的期待，就决不会那么失望了，“少年之所以烦恼和忧愁，皆因其坚信此生必定会得到幸福而孜孜以求。经常为希望所欺而生怨恨皆由此来。我们梦中模糊的希望以变幻无常蛊惑人心的形象在我们眼前盘旋，撩拨我们去追寻其源头，最终归于虚妄。如果年轻人能及时得到忠告和指导，从头脑中根除对这个世界抱很大期望的错误观念，他们将获益良多。”

***202**

敏感的人被人告白觉得是别人在开玩笑不敢接受，被人喜欢又觉得爱不持久不敢在一起，被人夸奖觉得别人只是说说场面话，跟不认识的网友第一次见面担心自己不好看变得畏畏缩缩，跟别人说几句话怕别人嫌自己烦……这些无法收拾的敏感，已经变成了懦弱，会毁掉你所有的自信。

***203**

看到过一段话：“见到厌恶的人想骂一万句最终一句话没说；遇见喜欢的人想说一万句最终也一句话没说。骄傲的谦卑，在两种极端面前，使用同一个答案。越长大，越不想说话；不说话，就可以把疼忍住，把恨融化。”或许沉默真的是最好的沟通方式。

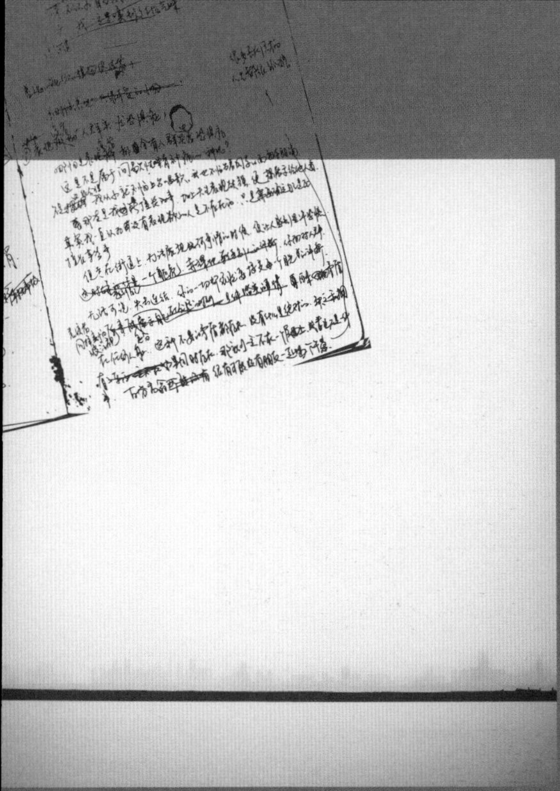

*204

安静如水的等待才是积极的。那些看起来惊心动魄的感情必定要承受其爆破后的伤害，你脑中浮现的飞车公路的爱情场景并不适宜在现实生活中上演。如果今天你爱的人不爱你了，你就要去跳楼，他不一定来救你。

*205

在一段感情中，如果你感到颠簸摇晃，那并不一定是外力所致，内因才是关键。人们常常都对他人无穷需索，自己却冷酷无情。日夜担心对方不忠，自己却并未恪守忠诚。安全感的根源是自我足够的稳定、妥实、诚恳。感情就是折射面，他背叛就是你早已背叛，他崩裂就是你早已崩裂。一个身上一直在发生颠倒、不一致的人，无法拥有平实温润的恋情。

*206

活得太虚幻并无好处，活得真实才会让人生逐渐变得有分量。悬在半空的生活是缺乏密度的，会让你如玻璃人般一碰就破碎。我们每天只需要认真踏实地做好分内的事，不妄想浮华的海市蜃楼，不自我催眠，不纠缠于无谓的情绪与理念。“不伤害，不与自己和他人为敌。不表演，也不相信他人的表演。”

*207

我们会为了一些不值得的人或事痛彻心扉，但若假以时日，就会失去痛感，甚至模糊了伤口的位置。是时间伟大的疗效带走了痛吗？并不是，而是这痛本身就建立在虚无之上，那些不值得你劳心伤神的人本身就是幻梦一场。我们会越来越明白，人要允许自己做梦，但从入梦的那一刻起，就要知道其中的痛感本身并不真实，它消散得一如它来时的浮浅，不值得你畏惧。

*208

这世上真正能爱你、保护你的人，
不过是个位数，
你却还要减掉你自己一个。

*209

有时候越想要表达，
手脚并用张牙舞爪却越不被理解。
有时候想掩饰什么，
殚精竭虑东躲西藏却还是欲盖弥彰。

*210

一定有一个人的名字，
在你心中变成了咒语。
每当看到或想起，
就提醒你难以再爱上其他人。

猜火车
TRAINSPOTTING

电影的DVD封套上有这样一段话："《猜火车》就是那种要么让你喜欢得要死，要么让你郁闷得咬牙的东西。"据说对于这部影片，从来没有什么中间派的存在，就像影片的第一句台词的第一个词：选择。这完全是个主观的过程，一如你对它的感受。我是属于后一类的人，就是对它郁闷得切齿的人。放浪形骸的英国混混那种奇怪而正宗的英国腔调好像是一种你完全不熟悉或者不懂得的语言，或者让你更加迷惑的是这样一类人的生活态度和生活哲学。颓废，就是这种无所顾忌的迷惑。影片的每段都堪称经典，比如开头，“选择生活，选择工作，选择职业，选择家庭。选择他妈的一个大电视。选择洗衣机、汽车、镭射唱机、电动开罐机。选择健康、低卡路里、低糖。选择固定利率房贷。选择起点、选择朋友、选择运动服和皮箱。选择一套他妈的三件套西装……选择DIY，在一个星期天早上，他妈的搞不清自己是谁。选择在沙发上看无聊透顶的节目，往口里塞垃圾食物。选择腐朽，由你的精子造出取代你的自私小鬼，可以说是最‘无耻’的事了。选择你的未来、你的生活。但我干吗要做？我选择不要生活，我选择其他。理由呢？没有理由。只要有海洛因，还要什么理由？”

跟吸毒的颓废生活相比，主流的生活的确沉闷，但至少不会让人在纵欲后感到如此无望绝望。另类并不好当。

我们每个人的结局必定都是妥协，只有极少的人能放浪不羁并且成功地活着。人的思想行为是会随着环境的改变而改变的。生活以它的方式潜移默化地改造着你，你作出改变，以为是自己的选择，却不知这是生活在选择着你。

针对这部电影，有学者写了一段极其精彩的影评：青春的意义就是一种虚掷，一种否定，而圆熟的过程是一种务实，一种修正。否定的否定却不是肯定，生活不是数学。背叛的背叛也不是回归，什么都会变，包括结论。因为什么都会变，所以一切质疑都有意义。质疑后人们都会找到他们的真理，也许不是真理，而是近似真理。真理让人安宁，不是吗？如同坟墓，每个人都奔向它。

《蓝》《白》《红》三部曲

BLEU BLANC ROUGE

基斯洛夫斯基的《蓝》《白》《红》三部曲分为：蓝色情调，红色情深，白色情迷。它们沉闷而带着疑惑地诉说着人类芜杂纷乱的情感，是文艺片中的阳春白雪。

重庆森林
CHUNG KING EXPRESS

这部电影名字引人入胜。为什么叫《重庆森林》呢？故事既不是发生在重庆，影片里更没有森林。

据说王家卫刚到香港的时候曾经居住在一间名叫“重庆森林”的小旅馆，里面有很多香港新移民。“重庆森林”旅馆所带有的移民者的孤寂与迷茫恰恰符合本片所给人的疏离感，这是一种心灵缺失的情愫。

此片讲了两个平行无关的恋爱故事，它们之间唯一的联系就是重庆大厦，我去过那儿，一如影片中喧闹，不过少了电影里那种破旧却迷人的腔调。

这部电影前半段有段很经典的台词：秋刀鱼会过期,凤梨罐头会过期,连保鲜纸都会过期, 我开始怀疑,在这个世界上,还有什么东西是不会过期的?

但我更喜欢后半段王菲和梁朝伟的故事。

California Dreaming和王家卫的《重庆森林》相得益彰。片中，王菲眼眸像小鹿一样古灵精怪，顶着一头蓬松的短发，过瘦的身材，这样特别的身影随着California Dreaming慵懒地摇摆。王家卫独具的风格，让人有种在喝Mojito的感觉。

这部电影会带给人什么样的感受？有人说它属于失恋症候群人类，也有人说失恋的人不能看《重庆森林》。

我的建议是，不管你处于什么样的感情状态，都不妨独自看看。看了以后多少能填补一些你心中的空洞吧。

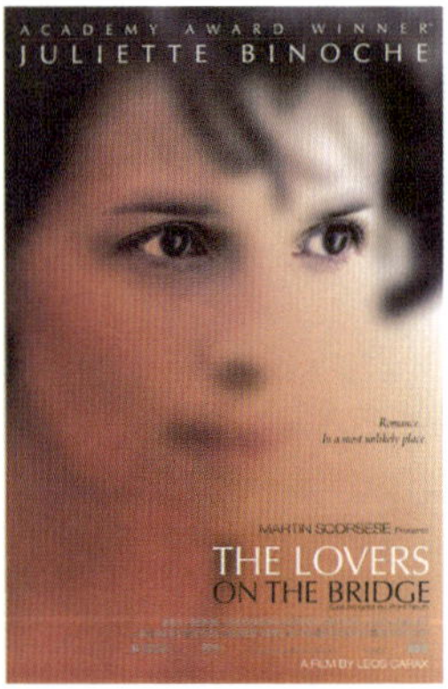

新桥恋人
THE LOVERS ON THE BRIDGE

关于这部电影，第一，体会法国人爱情的忧伤浪漫。第二，得到一句话的感触。梦里梦见的人，醒来就应该去见他。事情就是这么简单。

傲慢与偏见
PRIDE&PREJUDICE

这部电影里最令我着迷的情节是最后，男主人公达西无法遏制自己的感情，在雨中冲到伊丽莎白的面前，向她道明所有的心意与爱意。

他彻底摈弃了自己的傲慢，因为爱情的产生终于冲破了他自己心中的桎梏。个人十分迷恋这种转变——这转变来自达西的自我挣扎，也因为伊丽莎白足够优秀。优秀是能力，敢于优秀是勇气，遇到能欣赏你的人是运气。伊丽莎白伫立湖畔的身影伶俜，有所思而又无所待。“我已亭亭，无忧亦无惧”。这正是面对无常的爱情或人生时最好的姿态。

天使爱美丽

AMELIE
FROM MONTMARTRE

这部电影是治愈的首选，你可以从里面看到童真、浪漫，但不失真实。人物身上那些古怪可爱的特质，没准你能从自己身上找到，然后会心一笑。因为生活中的我们不崇高也不伟大，我们都是胆小鬼。我们都会遇到喜欢的人欲言又止、佯装镇定，我们都乐意用小小的伎俩让自己关心的人快乐，让自己憎恨的人郁闷；我们都会突发奇想。我们那些不为人知的小怪癖，不能与人分享，但却能自得其乐、聊以自慰，因为我们卑微，但是善良。电影里的手风琴波澜不惊地给人悲伤或者感动。手风琴的声音本身带着点神经质，和生活一模一样的荒诞、绵长，却又动听。

我相信看过这部片子并且发自肺腑喜欢它的人绝对不少。

下面摘录台湾专栏作家宋国臣提出的超级难题（答案见后）：

对《天使爱美丽》的13个疑问

每个人都这么说："这是一部好电影。"所以我想测试你有没有认真地看。请仔细作答下列13个问题。

第01题：艾蜜莉是哪一天出生的？

第02题：艾蜜莉的军医爸爸最讨厌哪两件事？

第03题：艾蜜莉的妈妈最喜欢做什么事？

第04题：妈妈为什么要将艾蜜莉唯一的朋友——红金鱼放生？

第05题：艾蜜莉第一次拿相机拍的云是什么形状？

第06题：艾蜜莉上班的那家咖啡店的名字是什么？

第07题：咖啡店里共有几个位子？

第08题：咖啡店老板娘Suzanne30年前在哪里工作？

第09题：有一天，艾蜜莉在阳台上猜那时有多少对情侣正达到高潮？

第10题：艾蜜莉的床头灯是哪种动物造型？

第11题：艾蜜莉的邻居玻璃人每年都画同一幅画，一共已画了几幅？

第12题：1997年8月30日夜里，艾蜜莉在浴室捡到的小铁盒装了些什么？

第13题：这一天又是哪位名女人死去？

如果你都答对了，恭喜你，这真是一部充满无数令人回味的细节的电影；如果答不出来，没关系，因为它值得你再看一遍。

《天使爱美丽》第二堂临时测验

上次你考了几分？我知道不服输的你又去看了一遍《天使爱美丽》，所以再给你一次机会吧。

A：艾蜜莉偷走院子里的小矮人是为了帮爸爸治什么病？

B：红帽子小矮人一共去了哪些地方旅行？请一一列举。

C：那又是谁帮艾蜜莉这个忙让小矮人环游世界的？她的职业是什么？

D：艾蜜莉说那个在相册中频频出现的大光头一共被捡到几枚快照？

E：有特殊收集癖的男主角Nino白天打工的A片店叫什么？

F：艾蜜莉帮食品店员Lucien报复他老板Collignon两次，分别用哪些办法？

G：艾蜜莉带着相册到游乐场找Nino时是花多少钱买门票进的鬼屋？

H：艾蜜莉还Nino相册时留给他的四张快照分别是什么意义？

I：这四张照片又是夹在相册里的第几页？

J：艾蜜莉亲眼见到谜一般的红鞋光头男是在几点？

K：艾蜜莉偷约Nino亲自来看光头男又是几点？

L：最后，当Nino找到艾蜜莉时，他们做了什么？

补充题：艾蜜莉爸爸决定要去旅行了，他叫的出租车是什么厂牌的？

在你思考这些答案的同时，整部片在你脑中又放映了一遍。答案不要紧了，重要的是当你回想起某个画面时，心里会觉得甜甜的……

对《天使爱美丽》的13个疑问解答

（01）1974年6月1日22时。

（02）小便时旁边有人，游泳后湿透的泳裤粘着胯下。

（03）把东西通通倒出来，将皮包里彻底清干净，再将东西一一放回。

（04）防止金鱼再度自杀。

（05）兔子跟泰迪熊。

（06）DESMOULINS。

（07）43个。

（08）马戏团。

（09）15对。

（10）猪。

（11）20幅。

（12）一本小说、一个哨子、一盒中国制造象牌扑克牌、一张1958年世界杯足球明星照片、两张德国制造瑞士风景明信片、一个瓷器小人偶、一部玩具小赛车、两个骑自行车玩偶、一些弹珠、一把模造真珠柄八机能瑞士刀。

（13）戴安娜王妃。

《天使爱美丽》第二堂临时测验答案

（A）忧郁症。

（B）纽约、埃及、莫斯科、伊斯坦布尔、雅典、美国大峡谷、吴哥窟。

（C）Philomene，空中小姐。

（D）十二枚。

（E）Palace Video。

（F）第一次：4点的闹钟、调包的门把、足霜与牙膏、鞋带。第二次：小一号的室内鞋、低瓦数灯泡、针插入电线制造短路、酒里加盐、电话号码变更设定。

（G）二十法郎。

（H）手掌写着："SOUHAITEZ（希望）"；戴怪眼镜持纸片："VOUS（你）"；黑色剪影后白墙上："ME RENCONTRER（跟我相遇）"；她的肚皮："？"。

（I）第51页。

（J）下午3:20。

（K）下午4:00。

（L）亲吻和做爱。

（补）Mercedes-Benz。

饮食男女
EAT DRINK MAN WOMAN

海德格尔在《存在与时间》中说，被我们称之为情感或情绪的东西或许是更为合理的，就是说，更具有深刻的感知力。因为与所有那些理智相比，它更向"存在"敞开。那些理智由于同时变成了理论模式，故被错误地解释为理性。

人的情欲需要，很多时候和理性无关，有时是悖于纲常甚至伦理的，当然电影用了较为荒诞的剧情以达到效果。或许看过以后，我们更能接受社会百态与人生不同时期的面目，或许宽容才是一切继续下去的办法。

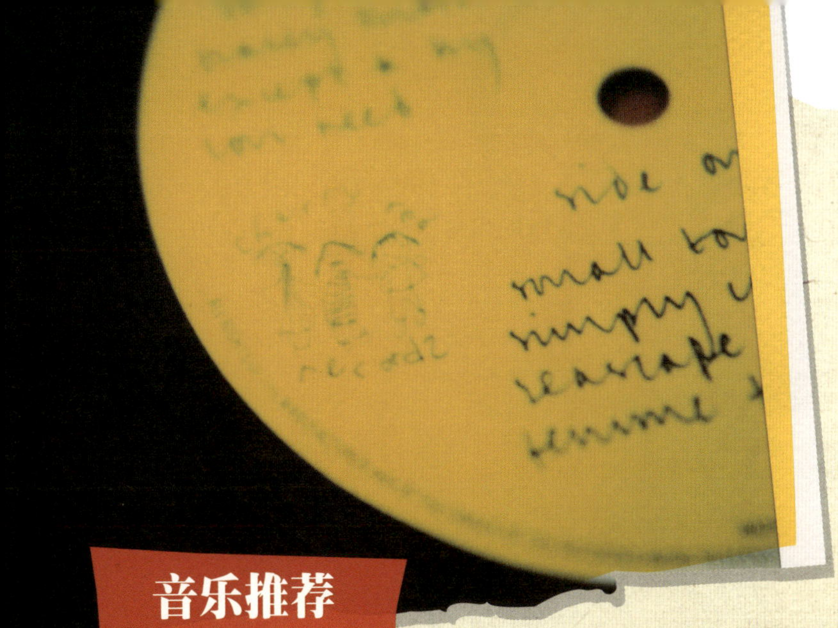

音乐推荐

歌曲：《痛爱》/ 容祖儿

人在恋爱时都迷恋痛感。遇上一个不爱自己的人，却更是容易无法自拔、为情所困。受冷落，被忽略，被亏待，还是依旧着迷。全世界的情侣故事都相近，要被错的人真正伤害过才觉得自己为爱勇敢过。这种病态的浪漫主义，委身于爱情的壮烈下，让爱得最多的人撕心裂肺。

像歌词里唱的那样："喜欢你让我下沉，喜欢你让我哭，能持续，获得糟蹋亦满足。喜欢你待我薄情，喜欢你为人冷酷，若是你，也发现，你也喜欢亏待我，我就让你永远痛爱着我。"

专辑：《Psychocandy》/ The Jesus and Mary Chain

Shoe-gazing（自赏摇滚）的风格是所有摇滚乐里我最喜欢的，它不同于金属、工业摇滚的燥热，而是运用各种细腻的吉他噪音和梦幻般的和声，制造一种慵懒的梦呓式的歌唱。这种风格的奠基者也是这张专辑的表演者，The Jesus and Mary Chain在他们的第一张专辑中，完美地诠释了这种"孤芳自赏"的天真与敏感。

其中我最爱的一首曲子是《Just Like Honey》，它也是另类摇滚的经典。

他们的歌听多了和乐队成员给人的感觉一样慢热，但是一旦被吸引，就会上瘾。听Shoe-gazing音乐就是这样，像跟恋人拥吻，是一种懵懂的悸动，无法自拔。曲风浑浊模糊，暧昧昏黄，让人仿佛身临梦幻，不愿清醒。Jim和William声音慵懒温柔，触及你的神经末梢，让你的心为之触动，有种甜美的感伤。Noise的吉他则像温床，让人产生依赖感。他们时而冰冷孤傲，时而脆弱温柔。音乐似乎折射着他们纤细敏感的性情。他们80年代的MV很陈旧，但乐队成员所独具的魅力与气质深深打动着我。淡漠却深刻地延伸，轻描淡写，却是情绪万种。

The Jesus and Mary Chain做的音乐完全依循自我意识，音乐所展露的思想和情感是十分自我的、意识流的，可以直抵与他们相仿的人的内心，所产生的共鸣不言而喻。

如果音乐能折射出内心的情感，那便是带着体温的、有生命的。

歌曲：《如风》/ 王菲

"人在途中，人在时空，相识也许不过擦过梦中。"

人世悲欢一梦，跌宕起落，人们像彼此的过客般来去匆匆。在这浮光掠影中，你是否留下过一些真实？

专辑：《还是会寂寞》/ 陈绮贞

《还是会寂寞》是这张专辑的主打歌。这首歌我百听不厌，是陈绮贞的歌里我最喜欢的一首。大约从15岁就开始听她的歌。陈老师走在台湾独立音乐的最前面，她一定穿着长长的湖蓝色的裙子，抱着吉他，静静站在灯光之下，孩子气、清澈、单纯，低吟浅唱，表达迂回而华丽。这也是文艺者的挚爱，文青们外表静默的清高下是炙热的渴望爱情的心。有一种霸道，也有一种执拗。我们就是喜欢矫情呗。"别对我小心翼翼，别让我看轻你，跟着我勇敢地走下去。"

歌曲：《dying》/ Maximilian Hecker

他喜欢以"忧郁的流行赞美诗"来形容自己的音乐。古典钢琴与假声的运用是Maximilian Hecker 最大的特色，专辑以爱情与由此而生的忧伤为主题。《Dying》这首歌中布满了绝望的忧伤，在罅隙中透出幻灭时的绚烂。

Maximilian Hecker这样的男子在粉丝眼中就像世间真正的尤物一样可遇不可求，因为某种际遇不幸落入了凡间，身上带着与生俱来的忧郁，如此令人又爱又怜。 带给我们的是这样独特的音乐：古典韵味的钢琴、通透的假声、弥漫的稀薄情感、独特的曲式行进、偶尔肆虐的吉他失真和神经质的男声。在德国这样一个以严谨著称的国度，竟然会走出像麦斯米兰·海克这样柔情浪漫的小伙儿，确实是个奇迹。

歌曲：《Officially Missing You》/ Tamia

这首歌的混音版本是舞棍们的心头所好，但相比起混音版本，我还是推荐木吉他版本。这是一首想念某人时一定要听的歌，R&B曲风为歌词字里行间的忧伤注入优美明媚的旋律，有一种微妙的冲突。越听，思念越浓，想起的都是爱情美好的样子，忍不住循环播放。

歌曲：《Reputation》/ the Byrds

这首歌听来有一种有趣的轻松。歌词也是打趣地在戏谑着名誉一词。吉他、鼓点相得益彰，民谣式的演唱充满韵味。名誉是什么？飞鸟（the Byrds）作为摇滚史上最被低估的乐队之一，身处二十世纪六十年代的美国，成员应该都曾深深地思考过，他们热爱民谣，在当时却并不深得民心，并没有获得多大名利。其实他们是首次将旋律同强节奏、充满热情的歌词的英式入侵民谣融合起来的乐队。the Byrds像一架带有羽毛的Lear飞机一般，穿梭在Bob Dylan的冥想，内心的奇特幻觉和整个美国音乐范畴中，终于通过多年努力让乡村音乐拥有了更多的听众。或许名誉和民谣比起来，他们对后者倾注了更多热情。

专辑：《XX》/ The XX

The XX，一支来自伦敦的电子流派的乐队。现在已经是独立音乐界的大热门，他们大受英国媒体的追捧欢迎，这并不是无端的，他们的年轻和天赋异禀让人不得不惊叹。乐队四个成员，Romy Madley Croft, Baria Qureshi, Oliver Sim 和Jamie Smith发行这张专辑时都还没满二十岁，却作为英国媒体的宠儿开始了音乐生涯。《XX》这张专辑，既有深刻、成熟和超越年龄的智慧，又不失年轻乐队特有的青涩气息，让人欲罢不能。

他们的电子乐有很明显的极简主义特点。专业的乐评人说，音乐中的留白和停顿，是后朋克音乐很重要的创新元素。而刻意减慢的乐速、带有Breakbeat意味的鼓点以及飘逸的吉他单音solo，加强了音乐的空间感。

他们的电子音乐元素丰富，有着depeche mode般醒目的节奏，有些许后朋克的典型旋律动机，还有民谣4AD标志式的indie vocal。但他们的音乐却从整体上让人感到简约而鲜明，每首歌都拥有清晰流畅的旋律，由强劲的单音点击而成，直击内心。

歌曲：《失乐园》/ 草蜢

《失乐园》是渡边淳一的小说，也拍成过电影，这首歌歌词大意和故事基本相符，我猜测词作者或许就是看了文学作品后有感而写吧。旋律也配合得凄婉动人、荡气回肠，由草蜢乐队这样沧桑磁性的嗓音来演绎，再悲恸、动听不过了。其中有句歌词很震撼我：平凡情侣为你共我轰烈汗颜。谁不想要一段轰轰烈烈的爱情呢？就算是难熬苦恋也在所不惜啊。

钢琴曲：《幽默曲》/ 德沃夏克

"幽默曲"首先作为一种乐曲形式，是一种基调幽默风趣，表现恬淡朴素、明朗愉快的情感的小型器乐曲。1894年夏，德沃夏克从美国回到祖国度假，心情舒畅，写下了这组钢琴小品。很多作曲家都写过这样的作品，最脍炙人口的就是捷克作曲家德沃夏克的钢琴独奏曲八首《幽默曲》了。

其中的第七首也就是我推荐的这首尤为动人。这首曲子撩人心弦，仿佛是某个精彩故事的开端，听着就好像感觉将有意想不到的故事发生，也像是盛大舞会的开场，埋下伏笔，听了让人放松、轻微地兴奋。焦虑时听听这样的钢琴小品，感受其中的诙谐，它会悄然带走你的苦闷。